魏明伦 著

洪霞 笺注

魏明伦楹联

四川文艺出版社

图书在版编目（CIP）数据

魏明伦楹联 / 魏明伦著；洪霞笺注. -- 成都：四川文艺出版社，2023.4
ISBN 978-7-5411-6615-0

Ⅰ.①魏… Ⅱ.①魏… ②洪… Ⅲ.①对联—作品集—中国—当代 Ⅳ.①I269.7

中国国家版本馆CIP数据核字（2023）第055738号

WEIMINGLUN YINGLIAN

魏明伦楹联

魏明伦 著　洪 霞 笺注

出 品 人	谭清洁	
责任编辑	李国亮	王梓画
封面题字	冯骥才	
封面设计	赵海月	
内文设计	史小燕	
责任校对	段 敏	
责任印制	崔 娜	

出版发行	四川文艺出版社（成都市锦江区三色路238号）	
网　　址	www.scwys.com	
电　　话	028-86361802（发行部）　028-86361781（编辑部）	
邮购地址	成都市锦江区三色路238号四川文艺出版社邮购部　610023	
排　　版	四川胜翔数码印务设计有限公司	
印　　刷	成都东江印务有限公司	
成品尺寸	145mm×210mm	开　本　32开
印　　张	9	字　数　180千
版　　次	2023年4月第一版	印　次　2023年4月第一次印刷
书　　号	ISBN 978-7-5411-6615-0	
定　　价	76.00元	

版权所有·侵权必究。如有质量问题，请与出版社联系更换。028-86361795

自　序

一切文艺作品,都有形式和内容的问题,楹联亦不例外。先议内容,话说慈禧太后六十大寿,拍马者献上谀联:

一人有幸;
万寿无疆。

但八个字太短,据说状元张謇撰联补而续之:

圣母临朝,六秩过生,大清基业千千岁;
垂帘听政,亿民贺寿,太后江山万万年。

另有无名氏,不屑谀联,敢作讽联如下:

万寿无疆,普天同庆;
三军败绩,割地求和。

更有秉笔直书的章太炎,撰长联讽之:

今日幸南园，明日幸北海，何日再幸古长安？亿兆民膏血全枯，只为一人歌庆有；

五十割交趾，六十割台湾，而今又割东三省，四万里封圻日蹙，每逢万岁庆疆无！

可见楹联既可用于歌颂，也可用于批判。

再举一例：窃国大盗袁世凯五十寿辰，正值戊戌政变之后，戊申年八月。拍马文人献上谀联，祝袁大帅与老佛爷慈禧万寿无疆：

戊戌八月，戊申八月；
我佛万年，我公万年。

两月之后，慈禧一命呜呼。有人将上述谀联改写几字，变成讽联：

戊戌八月，戊申十月；
我佛今年，我公明年！

哈哈，楹联内容五味俱全，可以香甜，可以鲜美，可以麻辣，可以苦涩。

楹联内容千变万化，但楹联形式，却是不变的铁律。内容惜墨如金，形式守规如铁！何为铁律？必须讲对仗，必须讲平仄。"对不起"则不成其为对联。"对不起"，这句生活中使用频率极高的客套话，也许就来源于违反楹联规则！

楹联有微型文学的法则。如同跳芭蕾必须踮起脚尖，踢足球禁止动用手臂，打篮球用手拍球投球但不准用手抱球走路。写楹联，是"戴着镣铐跳舞"。对联高手，能把沉重的铁镣化作轻盈的红绸舞。踩钢丝身轻若燕，平衡木健步如飞。

演唱传统京剧也有一条铁律。必须学会念韵白，即古代中州音和近代湖广腔融合而成的京剧韵白。唱传统京剧，不学韵白不行；不想学，学不会韵白就别唱传统京剧，去唱流行歌吧！

同理，写对联不学对仗不行，不学平仄也不行。不想学，学不会就别玩此道，去写自由自在的新诗吧！

讲究艺术形式，不等于形式主义。内容选择形式，形式服务内容。注目楹联规则，追求形式美；关心世道波澜，促进内容真。

2023年初春于成都

魏明伦的"小"文章
——《魏明伦楹联》序

廖全京

对联者,俗称对子,雅谓楹联。南朝以降,承古代悬桃符之习俗,至明以写对联迎新春为时尚。平民贵胄、乡镇市井,影响所及,蔚然成风。也许正因为它相当普及,几近全民皆知,写对联被看作雕虫小技,壮夫不为。殊不知,中华民族的生存方式,中华民族的文化传统,中国人的超凡智慧,乃至中国人的心灵历史,正存乎其中。这让我想起了吕洞宾一首七律中的颔联:"一粒粟中藏世界,二升铛内煮山川。"(《金丹诗诀》)把它借来做中华楹联史之概观,庶几近之。

就对联本身而言,它仍然是文章。因其体量甚微,不妨称为小文章。在古人眼里,文章分两类,一为散文,一为韵文。对联乃韵文之一种,它是从近体诗中分化出来的。钱锺书先生有言:"诗者,文之一体。"(《谈艺录》)可见,对联虽小,仍然当与曹丕心目中那些事关大业、盛事的文章等量齐观。就魏明伦所撰对联而言,简单称其为小文章,又妥又不妥。魏联固小，有容乃大。此之"容"者，兼含二意：或曰对联之容量，亦云对联之容貌。我之所以要在小字上加一引号，盖因魏联作为文学小品，确系文化结晶，堪称小文章，大手笔——小文章有大文章的精神容量，小文章有大文章的整体美感，实在是又小又不小。这里，仅就魏联之特色说点浅见。

魏明伦撰写对联的过程，概括起来就是四个字：苦吟深思。这里面包含着两个有紧密联系的词。为行文方便，暂且分而论之。

先说深思。作为一个真正的知识分子，无论著书立说，还是为文赋诗，关键在态度，命脉在认知。魏明伦一生以戏为命，以写戏为生，撰写对联的时候并不太多。因为不多，他更加珍视，更为审慎，越发认真。这种态度是与他对楹联的认知分不开的。毫无疑问，他始终认对联为文章。在他心中，写对联是以诗为文，也是以文为诗，诗文一体，是为至尊。基于这种观念，他每制一联，在动笔之前必全神贯注，深思熟虑，力求未来之联准确、精致、深邃、传神。无可讳言，在楹联界，炫奇弄怪、故作高深、局囿于陋习、沉迷于琐细，此类现象虽系个别，但确实存在。魏明伦对此有清醒的认知，时时提醒自己千万不要陷入文字游戏的泥潭而不能自拔。他的这种态度与认知，便凝结成了两个字：深思。深思，是一种信念支撑下的行为，是一番认真抉择后的结果。试读本集中的《题魏氏宗祠》一联：

一姓长繁不简；
孤山有魏成巍。

从中可以找到关于何为魏明伦之深思的部分答案。为本姓家族的祠堂撰写楹联，实乃郑重之举。此举可以视为魏明伦撰写所有对联过程中之心态和姿态的代表。经过反复考虑，他决定让这副楹联以充满智慧的传统谜语联的形式呈现在世人面前。他之所以欲如此属文，乃意在兼取谜语之含蓄与机趣，以强化寓庄于谐、周流通达的效果。此番围绕"魏"姓的聪颖之思，由谜面呼应谜底，用组合巧构汉字，以透彻解析简单。联曰："一姓长繁不简；孤山有魏成巍。"寥寥十二字，概括了《魏氏族谱》千言万语。试问，若无展纸之先的深长之思、周密之虑，何来章成之后的繁简之对、魏巍之变？再看这副题为《敬赠辽宁省糖尿病治疗中心》的对联：

古时司马，奈何卧病长安，无情消渴夭才子；
现代华佗，假定悬壶西汉，短命相如成寿星。

一次难忘的经历让魏明伦将一家北方的医院铭记在心。强烈的创作冲动下，他并未匆促动笔。谋篇良久，最终决定放弃惯常的写实路径，而将思维拓展，让想象张开双翼。他觉得非如此不能充分而生动地抒发自己对医者仁心的感念与崇敬。构思既久，其发必速，转瞬之间，灵光乍现，一个超凡的奇思妙想翩然而至：古蜀文士司马相如当年患了消渴症（即糖尿病），正当他呻吟于卧榻之上，挣扎在死亡边缘时，辽宁省糖尿病治疗中心的冯院长率领一群医护人员，乘着复兴号时空动车，迅速穿越到西汉时的四川境内，出现在这位蜀中名士的病床前，于是，"短命相如成寿星"！这副为人称道的佳联，看似偶然得之，其实仍然是魏明伦深思的产物。韩退之所谓"行成于思毁于随"（《进学解》），良有以也。

我想着重说说苦吟。"苦吟成联"，魏明伦此话绝非虚语，这是他打内心深处迸发出来的既沉重又轻松的辛劳之声。这沉重，是轻松之中的沉重；这轻松，是沉重之后的轻松。验之以他写作对联的艺术实践，你就会慨然叹曰：苦吟成联，诚哉斯言！一个"苦"字，体现在工夫上，也体现在技法上。魏明伦天赋异秉，才气逼人，自不待言。可贵之处在于他从不因此而在写作上有丝毫骄矜倦怠，反而愈发勤奋，加倍刻苦。写戏曲如此，写杂文如此，写碑文如此，写对联亦复如此。具体到对联撰写的过程中，这种几近严酷的孜孜以求，主要体现在三个方面。

重声律，其一也。在某种意义上，对联的声律是它作为近体诗衍生物的形式之一部分，而且是至关重要的一部分。不宜将对联的内容与形式割裂开来加以把握。与其他任何一种艺术样式相同，对联也是从形式里去提升的艺术。它的形式完全是与内容融合在一起的，这是对联艺术存在的根本。由是观之，可以说对联的声律是它的内容与形式融合的体现，是对联的根本。魏明伦撰联首重声律，可谓抓住了根本。行文至此，不免多说几句。要论对联中的声律与近体诗的关系，还要数林黛玉说得又通俗又准确。《红楼梦》第四十八回，香菱请教林黛玉如何作诗，黛玉道："什么难事，也值得学！不过是起承转合，当中承转是两副对子，平声对仄声，虚的对实的，实的对虚的，若是果有了奇句，连平仄虚实不对都使得的。"这里，曹雪芹借黛玉之口，不仅道出了对联与近体诗的关系，而且点明了对联声律的关键：平仄与对仗。我理解，这是对联声律的基本规则，也是对联作为韵文之一种的美学原则，即寓变化于整齐。朱光潜先生曾经指出："诗的声律好处之一，就是给你一个整齐的东西做基础，可以让你去变化。"（《诗论·诗的声律本身的价值》）这种整齐与变化的审美关系，具体落实到对联的写作中，基本上就是要求一句之内，平仄相间；两句之间，平仄相对；上下联（出句与对句）之间，不仅要求对仗，而且必须意义相关。

这与律诗中对颔联和颈联的要求是一样的。依此规则拟联，方可达到音节、声韵、节奏、词性、色彩等诸因素的对立统一，从而实现内在的和谐，一种起伏跌宕、错落有致的和谐。美是和谐，这正是对联写作的总体目标和最佳境界。长年推敲戏文、斟酌骈体的魏明伦可谓深谙此中三昧，感受良多。他的一些有代表性的楹联，便是这些感受的有意味的印证。比如《尖山楹联》：

尖字小含大，山不高而幽雅，水不深而澄清，远望浮华世界，风卷赤潮，雾催酸雨，还剩下几方净土；

龙形卧欲飞，竹有灵则婆娑，水有情则荡漾，漫游平静溪流，人增瑞气，天造氧吧，幸保存十里桃源。

尖山风景区森林茂密，有山有湖，在现代化程度高、工业污染严重的喧嚣市区附近，它无疑是一块生态环境良好的绿色宝地。魏明伦的上、下联便紧扣上述强烈反差，将字、词、句按照平仄、对仗铺展开来，既严守法度，平稳工整，又流转圆美，机巧玲珑。又如《赠军医何天佐中将》，围绕何天佐撰就的这副对联，上联以"大"字为核心出句，下联用"中"字做枢纽对句，这两个字在楹联中灵活而准确地跃动，将何医生的单位、身份、业绩等简洁而巧妙地交代出来。其间的平仄、对仗无一不中规中矩，又不给人丝毫拘谨、板滞的感觉。短联置一字殊为不易，长联定一副尤见功力。魏明伦的几副长联给人留下深刻印象。20世纪初，他先后拟就《老戏迷自费出书》《东方广场风情长联》，在四川楹联史上留下一段佳话。前者记载并讴歌了现代川剧史上的一段佳话。新千年帷幕拉开之际，一本由三位川剧界的铁杆戏迷、行内专家绘画并配文的《观图说戏》问世。此书内容丰富，形式生动，在业界大获好评。让人特别感动的是，这三位老戏迷均系收入微薄的知识分子，为了心爱的川剧，在追逐金钱的世风中，痴心不改，节衣缩食，夙夜笔耕，自费出书。见此情状，自幼献身川剧事业的魏明伦铭感五内，苦吟成联，为同侪作序。

电脑王朝，荧屏世界，取代戏曲鼎盛春秋。无数红男绿女，疏远梨园，怎知道唐三千，宋八百，生旦净末丑。潮流所趋，且随他潇潇洒洒玩时髦，追的是青春偶像，迷的是碧草球场，疯的是金牛股市。狂狂狂，彩票狂今宵彩梦。

茶馆流年，家庭生活，迎来麻将振兴岁月。几个皓首白丁，懒修方城，偏牢记快二流，慢一字，昆高胡弹灯。初心不改，亏得你认认真真爬格子，写出了锦绣文章，绘出了霓虹脸谱，赔出了夕照工资。恋恋恋，黄昏恋昨日黄花。

二百字里，上联状写当日之世风，概括为一个"狂"字；下联描绘三人之执着，提炼出一个"恋"字。对比鲜明，有深意存焉。细细品来，出句与对句，各自谨遵平仄声律规定，分别注重词性、色彩对仗；既工整平稳，又婉转峭拔，实属长联之佳篇。综观魏氏诸联，无一不将声律视作关键环节，"寻声律而定墨"（《文心雕龙·神思》），此之谓也。

重情性，其二也。将情与性并列且置于诗论的重要地位，见于宋人严羽的著述中。他曾经明确提出："诗者，吟咏情性也。"（《沧浪诗话·诗辨》）情性，即人情、人性。合上魏明伦的楹联集，我恍惚见到面前站立着一位情感浓烈、个性鲜明、浑身上下充满人情味的和蔼老人。此刻他正笑眯眯地望着我，空气里流动着温润的晚霞之辉光，如此氛围让我感动，让我陶醉。这种暖色调的光是从那些缅怀、哀挽至爱亲朋的对联中淌出来的，如《挽表姐夫川剧作曲家何绍成》《挽谢平安》等。这股贴心贴肺的热浪，同时奔涌在《悼许倩云长联》《送任庭芳》等对联中。仁者兼济天下，老者广结善缘，此乃魏明伦之心志。他的许多对联，恰是践行此番心志的生动记录。对联是连心锁，对联是彩虹桥。文坛老友、艺苑新秀，无比珍惜魏明伦所赠连心锁；川菜名厨、科技精英，欣然结伴魏明伦跨上彩虹桥。对联传递深情，海内传为佳话。诸联之中，尤其撞击人心的，我以为是他为自己的宠儿宠女——乖犬乖猫所撰的三副墓园短联。生性良善的魏明伦将他的爱倾注到了小动物的身上。他视这些生灵为自己有情的朋友，与它们心灵相通，为它们养老送终。在与它们的交流中，深深为它们通人性所感动；反观人类，"笑有势簪缨，不如犬韧性痴情"。这墓园三联告诉我们：人类与自然的和谐是非常必要和重要的。正如一位哲人说的："与自然和谐的生命才有尊严。"魏明伦的情性，既有柔情似水的一面，更有烈性如火的一面。关注现实，反思历史，臧否善恶，月旦人物，无不浊泾清渭，溢于言表。这方面，《悼杂文大家何满子》堪称血性之作：

胸中有鲁迅，评文学前途，果真似雾？
泉下会胡风，叹人生往事，并不如烟。

魏明伦与何满子，皆系杂文大家，实为同一战壕的战友。情系文坛新旧事，心仪鲁胡斗士风，直言不尽意，真情难自控，令后来诸君情动于中而深长思之。实践证明，魏明伦通过重声律的技法路径，实现了对联写作的内部和谐，又经由重情性的精神路径，实现了对联写作的外部和谐。二者相辅相成。外部和谐是内部和谐的条件和基础，内部和谐乃外部和谐之升华与结晶。至此，魏明伦在文化的大和谐中成为和谐之美的创造者。

重哲理，其三也。本文开头就提到，在魏明伦的对联创作过程中，深思与苦吟是不可分的。在深思中苦吟，在苦吟中深思，深思引领、推动苦吟，苦吟一直在反复掂量、审视深思的结果。正是在这样一种艰难的甚至痛苦的过程中，魏明伦的不少对联在立意上提升到了哲理层面。所谓哲理，并不玄奥，无非对万物的观察有所得，对人生的体验有所悟，即古人所说的格物致知。或者说，哲理就是关于自然与人类的形上之思，一种理性的潮汐。魏明伦经历人世，出入戏文，凡数十年矣。俗语曰：人生如戏，戏如人生。无论是作为编剧浸淫其间，还是作为演员体验其里，魏明伦皆倾情投入，真诚对待。他遭逢逆境与顺境，领会挫折和沧桑，读人阅世，感慨良多。他把这些感慨细细咀嚼，深思之，苦吟之，便有了《半边街联》《咏火锅长联》等醒世佳作与《挽白桦》《祭陈荣贤弟》等警示名联。其中颇具代表性的，要数这副《半边街联》：

红楼梦失尾，维纳斯断臂，残缺华章休妄补；
十字口不奇，半边街独秀，盈虚哲理莫求全。

老成都有条半边桥街，街名由来已不可考。"半边"二字却引发了魏明伦的联想和深思。思接千载的结果是魏明伦由半边桥街道飞到了古希腊城邦，从川剧台口跳到了黄叶村头。这时他猛然顿悟，维纳斯与《红楼梦》都是曼妙在于残缺，深奥在于残缺，此乃艺术之真谛。至此，魏明伦思考的步履并未停顿下来。他透过艺术的残缺，看到了万物的盈虚，自然而然地吟出了下联的后面七个字："盈虚哲理莫求全。"这正合了老子所言"大成若缺""大盈若冲"（《道德经》第四十五章）。最圆满的好似残缺，最充实的好似空虚。为人行事，亦当若此。

魏明伦的对联写作能够脱颖而出并渐入佳境，有它文化环境上的历史原因。渊源所自，可上溯到五代时期的后蜀。当时社会相对繁荣，文苑颇有生气。恰逢诗歌开始向格律化方向发展，四言诗式微，永明体初兴，对联样式呼之欲出。后蜀主孟昶雅好诗文，思维敏捷。得风气之先，他写出了中国文化史上第一副对联："新年纳余庆；佳节号长春。"（参见《宋史·蜀世家》）从此，撰联属对之风在四川绵延不绝。唐人薛涛的"望江楼上望江流，江楼千古，江流千古"，清人赵藩的"能攻心则反侧自消，从古知兵非好战；不审势即宽严皆误，后来治蜀要深思"，先后成为华夏楹联史上的千古绝唱。毫无疑问，魏明伦是掉在对联窝子里了。

众所周知，在楹联领域出手不凡的魏明伦是编剧出身。尽管一年一戏，一戏一招，他依然意犹未尽，继而抛出杂文，再而琢磨碑文。孰料其情难遏，其思不竭，其势未止。于是乎，他又从思想武库里选出了对联这件兵器。仔细想来，转换之中，魏明伦并未告别戏曲，他始终离戏不远，他骨子里一直是戏曲编剧。谓予不信，请再读读他的杂文、碑文，尤其是他的对联。如果说他写杂文侧重在磨砺、强化自己对现实和历史的观察力、思考力、表现力，那么撰写对联则主要是为了更熟练地按戏曲的要求，循调依韵，遣词造句，更亲切地获得既古朴又通俗的汉语韵文的诗化语感。综观史籍，此类戏曲作家兼工对联的事例，不乏记载。钱锺书先生曾经转述关于明代戏曲作家徐渭与对联的逸事："徐渭评戏曲用故事、做对子，不明不快，如'锦糊灯笼、玉镶刀口'……"（《管锥编》第1420页）清代戏曲作家李渔也是对联高手，他不仅爱作对联，而且为了便于人们在学写对联时牢记韵律，还专门编写了一本《笠翁对韵》。许多古代戏曲作家都对楹联写作有浓厚兴趣，因为这与他们的戏曲创作密切相关。

从另一个角度看去，魏明伦这种四项并举、四线贯通、四花齐放的状态，正是他才气四溢、创造力爆发的表征。我把这种状态和表征称为"魏明伦现象"。应当特别强调的是，这种四面出击的"魏明伦现象"，充分体现出了有良知的中国当代文化人那种视旧制如寇仇，说大人则藐之的风骨与清气。它漫溢在魏明伦的剧作、杂文、碑文里，同样流荡在魏明伦的楹联中。就思维方式而言，魏明伦是一位具有现代批判意识的才子型文人、学者型作家。他的锐气、胆识、坚忍、执着，皆缘于这种与生俱来的逆向思维方式。哲学家、思想史家福柯曾经提出，"批判的第一定义：不被过度治理的艺术"（参见《什么是批判》)。这也许正是历史上那些从不臣服于任何权威的思想者的心声。毫无疑问，魏明伦是以那些人为榜样的。有联为证：

靠攻心，则宽严俱诈，从古驭民依旧制；
拒洗脑，即德赛俱佳，后来治国要新思。

此联仿传统制联的修正法，将上文提到的武侯祠名联易字改意，旧联新翻，发人深省。此乃"魏明伦现象"之神髓。我深信，在中国文化史长河中，"魏明伦现象"是一朵罕见的、耐人寻味、值得深入研究的浪花。

毋庸讳言，本书并未囊括魏明伦楹联全貌，尚有遗珠。据我所知，魏兄最精彩的对联，由于锋芒太锐，不合时宜，作者"知趣"，忍痛割爱。

罢了，结尾还是沿用魏兄的警句：

残缺华章休妄补，
盈虚哲理莫求全。

2022年8月18日　酷暑之中

目录

题张飞庙 /001

岩之魂 /003

半边街联 /005

荷花池联 /007

题《汶川日记》 /009

与当代辞赋家中志同道合者共勉 /010

戏台联 /011

咏火锅长联 /013

老戏迷自费出书 /015

题张抗抗文学馆 /017

挽百岁秦怡 /019

送别于蓝 /021

题郭兰英九旬华诞 /023

题杜近芳八十八岁华诞 /025

贺郭淑珍九十五岁华诞 /027

送赵忠祥　/029

与赵忠祥共勉　/031

怀念乔羽长联　/033

王晓棠从艺七十周年长联　/036

评金庸　/039

挽杨在葆　/042

挽叶永烈　/044

歌唱家李光羲九十华诞　/046

题李谷一　/048

挽王文娟　/050

题王文娟、孙道临伉俪　/051

送方成　/053

题王铁成　/055

预挽刘兰芳　/057

致姜文　/059

题黄宗英表演和写作　/061

题黄宗英婚恋　/064

题舞蹈家陈爱莲从艺七十年　/066

追悼吴天明导演　/068

挽朱旭　/070

挽李前宽·致肖桂云　/072

挽童芷苓·题童祥苓 /074

贺莫德格玛盅碗舞五十周年 /076

题王馥荔、王群伉俪 /078

为赵丹爱女赵青从艺六十周年题词 /080

祭陈荣贤弟 /082

挽美食家李树人 /084

挽华西医院院长石应康 /086

赠作家出版社编缉部主任王宝生 /088

挽谢平安 /089

送任庭芳 /092

挽程永玲 /094

悼许倩云长联 /096

悼杂文大家何满子 /098

悼杂文家柏杨 /100

挽白桦 /102

挽宋良曦联 /104

题禄正周公 /106

挽张云初 /107

挽严西秀 /109

挽邵光滏 /111

挽台湾导演李行 /113

祝徐荣创作六十周年 /115

贺吴拙八十九岁高寿 /116

题歌唱家刘秉义 /118

报　喜 /119

父亲魏楷儒 /121

记母亲蔡文琴生卒 /123

送养母许绍琴喜丧 /124

怀念大哥二姐 /126

挽二姐魏昭俊 /128

自　嘲 /130

蜀途雅园 /131

题百岁郑榕 /132

反古训，题《女性周刊》 /134

师古堂 /136

题《巴金祖上诗文汇存》 /137

再题《巴金祖上诗文汇存》 /139

题范朴真新书《商魂迷蒙》 /140

攻心联 /141

参天阁长联 /143

佯狂经商 /145

题山东印社 /146

题魏氏宗祠 /147

海　燕 /148

泸州老窖即兴撰联 /150

敬赠辽宁省糖尿病治疗中心 /152

历史文化名城绵竹牌坊联 /154

题诗婢家 /157

谭府楹联之一 /159

谭府楹联之二 /160

墓园短联一 /161

墓园短联二 /162

墓园中心联 /163

尖山楹联 /165

自流井老街 /167

东方广场风情长联 /169

为四川电力建设三公司成立四十周年撰联 /171

川剧舞台《变脸》 /173

即兴为第三十一届世界戏剧节撰联 /175

陕西《当代戏剧》 /177

题巴国布衣 /179

东坡菜 /180

美食家 /182

咏三百砚斋 /183

祭表姐夫赵世民 /184

题熊猫谷 新修庙宇 /186

赠军医何天佐中将 /188

挽表姐夫川剧作曲家何绍成 /190

与吾友张人士共勉 /192

题乔智 /194

赞脑外科医生 /196

敬贺《剧本》创刊六十周年 /197

漫题沈容新作《汉字图画》 /199

挽萧卓能·慰李谷一 /200

题四川省文联新建艺术院 /201

锦江剧场联 /203

广安深圳长联 /205

广安八杰之一·鉴宝学者杨仁恺 /207

广安八杰之一·艺术家吴雪 /210

广安八杰之一·烈士杨汉秀 /213

广安八杰之一·双枪老太婆陈联诗 /216

广安八杰之一·红岩作者杨益言 /218

广安八杰之一·辛亥元老蒲殿俊 /220

广安八杰之一·收复失地功臣李准 /223

广安八杰之一·战斗英雄柴云振 /226

题林强儿子、儿媳伉俪新婚 /230

情人节题张筠英、瞿弦和伉俪 /232

挽金铁霖 /234

余开源长联 /236

正厅联 /238

小戏台联 /239

日本投降联 /240

抗战楹联 /242

题平民饭店 /244

大洲广场对联 /245

赞马老 /247

题李致长联 /249

七律·读《魏明伦楹联》 /251

楹联问道——《魏明伦楹联》跋 /252

后 记 /260

题张飞庙①

瞻老庙，悟新意，遥想凤雏执法②，豹头监讼，文武清廉勘百案③；

赞桓侯，鞭督邮④，笑看狼吏丧魂，狗腿断肢，古今腐败怕三爷⑤。

〔注释〕

①张飞庙：纪念三国时期蜀汉名将张飞的庙宇，又称张桓侯庙。全国有众多的张飞庙。此处指位于自贡中华路口附近小山坡上的张飞庙，自贡俗称张爷庙，是屠宰业会馆，源自张飞出身屠夫。

②凤雏：庞统的道号。与诸葛亮的道号合称"卧龙凤雏"。

③豹头监讼，文武清廉勘百案：《三国志》载，庞统初投刘备，被轻视，遣到耒阳小城做县令，且派张飞监督。庞统一日审理百案，远近皆服，张飞向庞统致歉。"豹头"指张飞。罗贯中《三国演义》描述张飞"身长八尺，豹头环眼"。

④赞桓侯，鞭督邮：指罗贯中《三国演义》第二回"张翼德怒鞭督邮"。督邮，官职名，代表太守督察县乡。督邮到刘备担任县尉的安喜县巡查，傲慢无礼，索取贿赂，被拒绝后便

要陷害刘备。此事恰被张飞发现,狠狠地将其抽打了一顿。

⑤三爷:在桃园三结义中,按年岁,张飞排老三,后世尊称三爷。

〔笺疏〕

此联魏明伦在20世纪80年代初期撰成。当时,腐败现象刚刚露头,人们反腐败的意识淡薄。魏明伦大胆发难,不怕得罪官场,冒着"借古讽今"之风险,手书此联,镌刻在公共场合。思想内涵深刻,艺术形式完美:上联"凤雏执法,豹头监讼",下联"狼吏丧魂,狗腿断肢"。遣词造句精确,飞禽走兽活跃。"文武清廉勘百案"对"古今腐败怕三爷",警句绝唱,必会流传。

岩之魂[1]

年华似水，人生有限，高龄难比峰峦寿[2]；
品格如山，魅力无穷，雄魄可追岩石魂。

〔注释〕

① 《岩之魂》：重庆著名女画家、雕塑家江碧波为重庆轻轨2号线李子坝站所设计的边坡大型彩色浮雕墙。浮雕墙位于李子坝"单轨穿楼"景观旁的峭壁上，长100米，高15米，面积1500平方米。浮雕运用了近40种颜色，通过对岩石夸张、变形的"岩石精神"的艺术描述，呈现出一种厚重的巴渝文明历史感。贯穿整个浮雕的红色条带，将从古至今诸多神话、历史、现代人物连成一个整体，体现出山城人和这座英雄城充满生命激情，向前超越、渴望成功的意境。浮雕墙于2004年12月建成，与重庆轻轨2号线同期开放。

② 高龄难比峰峦寿：虽然"寿比南山"作为祝颂词家喻户晓，妇孺皆知，但人的生命毕竟有限，难与峰峦比长寿。

〔笺疏〕

2000年7月，魏明伦应邀为重庆轻轨2号线较场口起点站作《山城轻轨赋》，同期江碧波女士创作浮雕墙《岩之魂》，邀请魏明伦题词撰联刻于浮雕群中，与壁画同辉。魏明伦以"水""山""峰峦""岩石"等与山城重庆地形地貌相关的意象，阐释生命易逝而品格永恒的道理，力赞古今重庆人如高山般坚忍的品格。构思奇巧，联对工整。着墨不多，立意高远，富有哲理，为浮雕墙《岩之魂》画龙点睛之作。

近年来，《岩之魂》巨型浮雕和巨幅题联，在江中游船低徊、山崖峭壁连亘、头顶列车穿梭过的奇观中已成为重庆市著名景点。

半边街联①

红楼梦失尾②，维纳斯断肢③，残缺华章休妄补；

十字口不奇，半边街独秀，盈虚哲理莫求全④。

苦吟成联

〔注释〕

① 半边街：在成都市金牛区荷花池大成市场内。

② 红楼梦失尾：中国古典四大名著之一《红楼梦》通行本共120回，一般认为前80回是清代作家曹雪芹所著，后40回是清代作家高鹗所补。

③ 维纳斯断肢：古希腊雕塑《断臂维纳斯》被公认为是迄今为止希腊女性雕像中最美的一尊。为其接续臂膀的方案不断涌现，但没有一种方案被人们广泛认可并实施。

④ 盈虚：意为盛衰，《庄子·秋水》："察乎盈虚。"

〔笺疏〕

2022年，成都市金牛区半边街新建牌坊，请一百〇八岁的作家马识途题额，请魏明伦撰联，由书法家刘云泉书丹。魏明伦注明"苦吟成联"。铺叙"红楼梦失尾，维纳斯断肢"，对比"半边街独秀"，引出"残缺华章休妄补""盈虚哲理莫求全"的深刻哲思。保留残缺，让欣赏者想象、创造，使残缺走向欣赏者想象中的完美。魏明伦自认为这是他所有楹联中的压轴之作。

荷花池联①

荷花高洁，无人超越爱莲说②；
蓉市繁华，有景追随望海潮③。

苦吟成联

〔**注释**〕

① 荷花池：指成都市金牛区荷花池。

② 爱莲说：北宋学者周敦颐一百二十字的杰作。赞美莲荷"出淤泥而不染，濯清涟而不妖。中通外直，不蔓不枝；香远益清，亭亭净植，可远观而不可亵玩焉。"以莲喻人，颂扬君子洁身自爱。其爱莲之真挚，文笔之优美，篇幅之精炼，传播之深远，就写莲而言，无人超越。

③ 蓉市繁华，有景追随望海潮：成都的繁华，可与北宋词人柳永佳作《望海潮》景象媲美。蓉市，蓉城亦可称蓉市，这里含有市场、商场之意。柳永的《望海潮》赞美北宋杭州商贸繁华："市列珠玑，户盈罗绮。"词中名句"有三秋桂子，十里荷花"。

〔笺疏〕

2022年，成都市金牛区荷花池新建牌坊，魏明伦不负重托，苦吟成联。发荷花诗意，以"高洁"与"繁华"连接学者周敦颐杰作《爱莲说》和词人柳永名篇《望海潮》，提升成都荷花池的文化内涵。

题《汶川日记》①

天府动摇②，天灾压顶成悲剧③；
国殇忧患④，国难当头唱挽歌。

〔注释〕

①《汶川日记》：指谷东雷油画《汶川日记》。

②天府动摇：四川古称天府之国。2008年5月12日四川汶川发生特大地震。

③天灾压顶：根据地质调查所测量，汶川特大地震震源深度约10千米。此次地震，承受了相当于251颗广岛原子弹的威力，地震烈度达11度，属于"毁灭性地震"，共造成69227人死亡，374643人受伤，17923人失踪，是中华人民共和国成立以来发生的破坏力最大的地震。

④国殇：为国牺牲的人。语出屈原《九歌·国殇》。

〔笺疏〕

谷东雷油画《汶川日记》，描绘2008年汶川特大地震后军民抢险救灾的场景。魏明伦这副楹联突出国难当头，突出悲剧惨烈，吟唱了一曲挽歌。

与当代辞赋家中志同道合者共勉

反思历史，不为尊者避讳[①]；
针砭时弊，敢替弱群代言。

〔注释〕

① 避讳：封建时代不能指出君主的过失，"为尊者讳"。

〔笺疏〕

辞赋，是一种文体。但当代人对"赋"产生误解，以为是专用于歌功颂德的文体。魏明伦对此不苟同，指出辞赋是可以承载多种内容的文体。他所写辞赋，"歌颂真善美，谴责假恶丑，赞美不溢美，报喜更报忧"。公开标示，"不为尊者避讳""敢替弱群代言"！旗帜鲜明，快人快语。

戏台联①

戯字半虚②,戏台演出虚天地;
天为一大③,天地合成大戏台。

〔注释〕

①戏台联:2005年,四川省川剧院复排魏明伦早期力作《易胆大》,魏明伦撰联,展示于舞台两侧。2022年,转刻于魏明伦戏剧馆大门两侧,由书法家庞中华书丹。

②戯字半虚:"戯",为"戏"字的繁体字。许慎《说文解字》曰:"戯者,虚戈也。"中国戏曲的艺术特性,来源于现实,但不是现实的原样模仿或简单复刻,而是经过艺术概括、提炼、美化后,以一种虚中有实、实中有虚、虚实结合的虚拟性、假定性、程式性的舞台规范方式展示出来。

③天为一大:此语为魏明伦独创。"一"字加"大"字,便是"天"字。

〔笺疏〕

该联从"戏台小天地,天地大戏台"化出。运用拆字法,将戏剧舞台与人生舞台虚实相对。以天之"大"涵括人生,以戏之"虚"表达艺术。以有限的"戏台",衬托无限的"天地"。形成回环的艺术效果,阐释深刻的哲理。

咏火锅长联

红炉正旺，话匣起封①。趁热侃山聊海，何妨讽腐骂贪。且谐说人生百味，麻也可，辣也可，烫也可②，任顾客随心所欲。

言路应开，国门不闭③。乘风掘土吸洋，加速招贤纳谏。敢消化水陆诸君，飞者来，走者来，游者来④，进火锅大肚能容。

癸未冬季戏笔

〔注释〕

① 话匣起封："话匣"指话匣子，方言，原指留声机，后也指收音机。比喻话多的人。

② 且谐说人生百味，麻也可，辣也可，烫也可：谐语双关。以火锅麻辣清淡，喻人生离合悲欢。

③ 言路应开，国门不闭：旁敲侧击，针对闭关锁国。

④ 敢消化水陆诸君，飞者来，走者来，游者来：语义双关。赞叹火锅"大肚能容"，引伸人生"有容乃大"。

〔笺疏〕

火锅蕴含着文化内涵。男女老少、亲朋好友围着热气腾腾的火锅，品味聊天，气氛热烈。魏明伦当年曾任四川省美食家协会会长，此联为"癸未冬季戏笔"，自嘲游戏笔墨，顾左右而言他。"麻也可，辣也可，烫也可"指"言路应开"，兼收并蓄。"飞者来，走者来，游者来"，指不拘一格，吸取各种精华。

老戏迷自费出书[①]

电脑王朝，荧屏世界，取代戏曲鼎盛春秋[②]。无数红男绿女，疏远梨园，怎知道唐三千，宋八百[③]，生旦净末丑。潮流所趋，且随他潇潇洒洒玩时髦，追的是青春偶像，迷的是碧草球场，疯的是金牛股市。狂狂狂，彩票狂今宵彩梦。

茶馆流年，家庭生活，迎来麻将振兴岁月。几个皓首白丁[④]，懒修方城[⑤]，偏牢记快二流，慢一字[⑥]，昆高胡弹灯[⑦]。初衷不改，亏得你认认真真爬格子，写出了锦绣文章，绘出了霓虹脸谱，赔出了夕照工资。恋恋恋，黄昏恋昨日黄花[⑧]。

〔注释〕

① 老戏迷自费出书：2000年，四川美术出版社出版的《观图说戏》一书，由三位老戏迷——戏曲漫画家王双才，配文作者黄光新、陈国福自费出版。

② 鼎盛春秋：语出西汉贾谊《新书·宗旨》："天子春秋鼎

盛。"意即人当壮年,盛气鼎立。这里比喻戏曲的黄金时代。

③唐三千,宋八百:川剧传统剧目丰富,有"唐三千,宋八百,数不完的三列国"之说。

④皓首白丁:皓首,指老年人。白丁,指平民。

⑤方城:桌上麻将竖立排列,如四方城墙。打麻将雅称"修方城"。

⑥快二流,慢一字:戏曲的板式名。川剧叫"二流""一字",京剧叫"流水""慢板"。

⑦昆高胡弹灯:川剧的五种声腔——昆曲、高腔、胡琴、弹戏、灯调。

⑧昨日黄花:意为过时之物。语出苏东坡"明日黄花蝶也愁"。明日,是重阳的别称。重阳之后,花木凋零。后世形容过时之物,亦有直白"昨日黄花"取代"明日黄花"。

〔笺疏〕

这副200字的长联,上联以"玩""追""迷""疯""狂",张扬现代社会的趋时与浮躁;下联用"爬""写""绘""赔""恋"从容应对,以静衬动。表现戏迷的无奈与执着坚守。

魏明伦此联最先发表在《四川戏剧》2000年第一期。标名《长联代序》,是为王双才、黄光新、陈国福三人《观图说戏》一书所作序言。长联集中运用色彩,"红男绿女""碧草球场""金牛股市""皓首白丁""霓虹脸谱"……一气呵成五光十色万花筒,反衬戏曲艺术在当代的式微。

题张抗抗文学馆①

忆飘飘赤帜,惊滚滚彤云,伤耿耿丹心,改灿灿朱颜。赤彤丹朱②,红色烘成红罂梦。

记抗抗青春,咏家家碧玉③,化小小翡禽,喻双双翠鸟。青碧翡翠④,绿荫哺出绿情书!

2010元旦撰联

〔注释〕

① 张抗抗文学馆:张抗抗(1950—　),当代著名女作家,浙江杭州人。中国作家协会副主席,国务院参事。代表作《赤彤丹朱》《情爱画廊》《隐形伴侣》。三次蝉联中国作家协会女性文学奖。张抗抗文学馆位于其母校杭州高级中学贡院校区图书馆二楼。馆藏资料以展板、实物展柜的方式布展,亦利用新科技,以多种方式展现她各个时期的文学创作、社会活动情况。该馆于2016年5月开馆。

② 赤彤丹朱:指张抗抗1995年的长篇小说《赤彤丹朱》。小说记述了一个革命知识分子家庭大起大落、大悲大喜的坎坷命运。小说讲述从20世纪30年代末的珠江三角洲、江南水乡

和光怪陆离的上海滩，直到20世纪90年代的杭州西子湖畔。一对青年时期先后参加革命的恋人，虽历经了半个世纪的生死磨难，但他们的激情依旧，挚爱如初。

③咏家家碧玉：张抗抗特别关注女性题材，塑造了岑朗、梅玫、肖潇、朱小玲等诸多女性形象。"家家碧玉"即小家碧玉，指普通家庭年轻美貌的女子。

④青碧翡翠：张抗抗的畅销小说《情爱画廊》《隐形伴侣》等，以翡翠鸟比喻爱情。

〔笺疏〕

张抗抗与魏明伦同任全国政协委员，多年深交。2019年，魏明伦碑文馆建成，张抗抗专程飞赴成都，连夜换乘小车，赶到内江祝贺。张抗抗代表全体嘉宾，宣布魏明伦碑文馆开馆。魏明伦这副对联，是2016年为庆贺张抗抗文学馆开馆而作。以张抗抗的代表作《赤彤丹朱》《情爱画廊》《隐形伴侣》等铺叙为联。上下联分别以"赤、彤、丹、朱""青、碧、翡、翠"串珠、嵌名，构思巧妙；而"飘飘""滚滚""耿耿""灿灿""抗抗""家家""双双"等叠词运用让联对摇曳多姿，平仄合律。尤其是"红色烘成红噩梦""绿荫哺出绿情书"两句绝唱，前者惊心动魄，后者荡气回肠。

挽百岁秦怡①

绝代佳人②，泰斗明星，红颜白发登人瑞③；
纯情美女，贤妻良母④，翠柏青松化女神。

2022年5月9日

〔注释〕

①秦怡（1922—2022）：新中国二十二大电影明星之一。1946年主演电影《遥远的爱》成名。中华人民共和国成立后，出任上海电影制片厂演员剧团副团长。主演《女篮五号》《铁道游击队》《摩雅傣》《马兰花开》《海外赤子》《雷雨》《北国江南》《红色的种子》《青海湖畔》等十几部电影。2005年被授予"国家有突出贡献电影艺术家"称号，2008年获选第七届中国十大女杰，2009年获得上海文艺家终身荣誉奖及第十八届金鸡百花电影节终生成就奖。2019年9月17日，被授予"人民艺术家"荣誉称号。

②绝代佳人：出自杜甫的《佳人》："绝代有佳人，幽居在空谷。"

③红颜白发登人瑞：秦怡晚年气色红润，看起来总是健壮不衰。"人瑞"，通称百岁人瑞，常指年纪100岁以上寿星。

④贤妻良母：秦怡既是丈夫的好妻子，又是孩子的好母亲。秦怡的丈夫电影演员金焰1962年病倒在床，秦怡在病床边照顾二十余年，直到金焰1983年去世；秦怡与金焰之子金捷16岁时被诊断为急性轻度精神分裂症。患病四十多年，秦怡始终守护照顾在儿子的身边，即使外出拍戏，也会将他带在身边，直到2007年金捷去世。

〔笺疏〕

秦怡塑造了许多流光溢彩的银幕形象，"绝代佳人"秦怡的美，来自她的外表，更出于她坚毅柔韧的性格和品德，才能够从容不迫"红颜白发登人瑞"。生活中的秦怡，独自承受绵长的苦楚。在家人遭遇病痛折磨时，贤妻良母柔弱的肩膀将家庭重担一力支撑。魏明伦与秦怡交谊深厚。1988年，他出任全国政协委员，和秦怡一起在北京开会时建交。2010年，魏明伦从艺六十周年，秦怡专程赶来成都为他庆祝，题写贺词"从坷坎中走来，在思考中攀登"。2012年，秦怡与魏明伦一同参加东方卫视《可凡倾听·我有一段情》节目，两人留下长达50分钟的对话，弥足珍贵。

2022年5月9日，秦怡在华东医院病逝，魏明伦当日撰此联高度评价秦怡的百岁人生，遥寄哀思。并表示："我认为她是中国电影的一个标志，新中国'二十二大明星'中，她算是年纪偏大的，目前健在的也没有年纪比她更大的了。她的离去也标志着她那个时代的结束。"

送别于蓝[①]

银幕双星[②],夫妻阔别卅年[③],夏夜双双重聚;
红岩一绝[④],寿诞将临百岁[⑤],喜丧九九归元[⑥]。

2020年6月28日速成

〔注释〕

① 于蓝(1921—2020):新中国二十二大电影明星之一。在经典影片《烈火中永生》里扮演江姐而被广大观众熟知。主演电影《翠岗红旗》《龙须沟》《革命家庭》《林家铺子》《寻找成龙》;98岁参演《一切如你》。晚年出任中国儿童电影制片厂首任厂长。曾荣获第二十届莫斯科电影节最佳女演员奖,第十届金凤凰奖终身成就奖,第二十七届中国电影金鸡奖终身成就奖。

② 银幕双星:指于蓝与其丈夫,电影演员,原北京电影制片厂厂长田方。田方代表作为《英雄儿女》。

③ 阔别卅年:阔别,指长时间分别。出自王羲之《杂帖》:"阔别稍久,眷与时长。"卅,数目,四十。于蓝丈夫田方于1974年病逝。如今夫妻二人四十几年后在天堂重聚。

④ 红岩一绝:指于蓝在根据小说《红岩》改编的电影《烈火中永生》里主演江姐。观众评价极高,传为绝唱。

⑤寿诞将临百岁：于蓝辞世时99岁余。

⑥喜丧九九归元：生前德高望重、福寿双全、年近期颐。这样的人去世可谓喜丧。九九归元即九九归一，语出西汉扬雄《太玄经》："玄生万物，九九归一。"

〔笺疏〕

魏明伦与于蓝相交，始于1991年"第四届中国电影童牛奖"在江姐家乡自贡市举办。魏明伦与会陪同。得知当天是于蓝70岁的生日，遂撰现代骈文《于蓝寿铭》：

红岩江竹筠，银幕江雪琴。此江姐，彼江姐，观众难分彼此。好一株黑狱红梅，盖多少闲花野草。不枉您五十年粉墨生涯，七十岁巾帼高寿。

头白矣！童心未泯，舐犊情深。晚霞影里，水银灯下。婆婆指挥，娃娃合唱。无腔短笛，有趣儿歌。催小草青青，映老天蓝蓝——青出于蓝胜于蓝！

鬼才怀着激情献诗，于蓝含着喜泪收礼，从此互相通信，结下忘年深交。

2010年，魏明伦从艺六十周年庆祝活动，于蓝手书贺词"笔耕六十载，丰收三百篇"，并绘国画《春华秋实》祝贺。

如今这副《送别于蓝》挽联，虽是速成，魏明伦别出心裁，想象老两口天堂相会。上联"夏夜双双重聚"，下联"喜丧九九归元"。于蓝99岁去世，巧合哲理。

题郭兰英九旬华诞[①]

乐坛松柏[②],讲坛松鹤[③],松喻仁人寿[④];
京剧兰芳,歌剧兰英,兰为王者香[⑤]。

〔注释〕

① 郭兰英(1929—):中国歌剧表演艺术家、女高音歌唱家、民族声乐教育家。主演歌剧《白毛女》《刘胡兰》《小二黑结婚》《红霞》《窦娥冤》,秧歌剧《兄妹开荒》《夫妻识字》,歌曲《妇女自由歌》《我的祖国》《南泥湾》《绣金匾》等。荣获中国首届金唱片奖、中国音乐金钟奖终身成就奖;中国文联授予终身成就戏剧家称号;2019年9月17日,被授予"人民艺术家"荣誉称号。

② 乐坛松柏:松柏常绿,象征青春常驻。郭兰英1929年出生,11岁学戏,至今健在。她从艺八十余年,是名副其实的乐坛松柏。

③ 讲坛松鹤:苍松白鹤比喻长寿。郭兰英1982年后在中国音乐学院任教。1986年到广东番禺创办"郭兰英艺术学校",担任校长三十多年。讲坛松鹤,实至名归。

④ 仁人寿:孔子答鲁哀公:"仁者寿,智者乐。"

⑤ 兰为王者香:语出东汉蔡邕《猗兰操》:"兰当为王者香。"

〔笺疏〕

魏明伦从小演戏时就迷上郭兰英的歌声。少年时代,他经常低吟郭兰英带有浓郁山西韵味的《妇女自由歌》《清凌凌的水来蓝莹莹的天》《交城的山来交城的水》《一道道水来一道道山》《人说山西好风光》。1984年,在中国音乐学院认识郭兰英。2010年,经舞蹈家赵青介绍,与郭兰英结交。2019年12月,郭兰英九十大寿前夕,魏明伦应邀撰联祝寿。上联以松喻,下联以兰对。松喻生命之长寿,艺术之长青;下联之"兰",妙在把郭兰英与梅兰芳衔接。

2020年1月6日,此联由相声艺术家姜昆书丹,由魏明伦好友乔智转呈郭兰英。郭兰英欣然保存。

题杜近芳八十八岁华诞①

银幕林娘子②，菊圃白娘子③，二八佳人登米寿④；

沙场穆桂英⑤，渔舟萧桂英⑥，万千票友赏梅香⑦。

〔注释〕

① 杜近芳（1932—2021）：京剧表演艺术家、国家级非物质文化遗产项目（京剧）代表性传承人、国家京剧院艺术风格的奠基者之一、国家京剧院艺术指导委员会顾问。主演《柳荫记》《桃花扇》《白蛇传》《西厢记》《谢瑶环》《野猪林》《白毛女》《红色娘子军》等。获世界青年联欢节金质奖章、表演艺术终身成就奖、中国金唱片奖。

② 银幕林娘子：杜近芳在京剧电影《野猪林》饰演林冲之妻林娘子。

③ 菊圃白娘子：菊圃，戏曲行当，这里指京剧。杜近芳在京剧《白蛇传》饰演白娘子。

④ 二八佳人登米寿：本指十六岁少女。魏明伦戏称杜近芳八十八岁为二八。米字含两个八，一个十，合为八十八，古称

八十八岁为米寿。

⑤沙场穆桂英：杜近芳在京剧《穆桂英挂帅》中饰演穆桂英。

⑥渔舟萧桂英：杜近芳在京剧《打渔杀家》中饰演萧桂英。

⑦梅香：原意指丫鬟。这里形容京剧大师梅兰芳的艺术香飘四海。杜近芳是梅兰芳的爱徒，传承"梅派"艺术的代表人物。

〔笺疏〕

魏明伦与杜近芳于1988年同任全国政协委员，结交三十年，彼此笑言无忌。魏明伦从艺六十周年时，杜近芳题赠贺词："秀才鬼才，人才天才"。2013年，魏明伦文学馆建成，杜近芳题词："明伦弟，你爱听我唱京剧，我爱听你说川腔。"魏明伦笑答："京戏学川腔，你的代表作《柳荫记》，就是从川剧移植过去的。把我们川剧高腔，变成你们京剧西皮二黄。"

杜近芳八十八岁生日当天，魏明伦写下这副带有谐意的贺寿联。"二八佳人登米寿"，杜近芳领悟后，笑逐颜开。

贺郭淑珍九十五岁华诞[1]

声乐家九五至尊[2],同仰泰山崇白发;
老教授百千弟子[3],共随星海唱黄河[4]。

2021年9月14日

〔注释〕

① 郭淑珍(1927—):著名女高音歌唱家、声乐教育家。1952年毕业于中央音乐学院,1957年获莫斯科世界青年联欢节金质奖章。1958年从苏联柴可夫斯基音乐学院毕业。历任中央音乐学院声乐系主任、中国国际声乐比赛主席。演唱代表作《叶甫盖尼·奥涅金》《艺术家的生涯》《黄河怨》等。荣获国家高等教育教学成果一等奖、国家艺术院校优秀指导教师奖、首届中国金唱片奖、北京市优秀教学成果一等奖、柴可夫斯基国际声乐比赛指导教师奖。

② 九五至尊:九为极数,五为中轴。《易经》:"九五飞龙在天。"象征帝王。此处语义双关,指郭淑珍九十五岁华诞,同时喻其登上声乐艺术的"九五之尊"。

③ 百千弟子:郭淑珍声乐教学成绩显著,桃李遍天下。例如宋祖英、李谷一、彭丽媛、郑绪岚、幺红、王静、吴霜、吴

碧霞、张暴默……数以百计。她的众多学生在国内外声乐大赛中获奖,成长为优秀的歌唱家、声乐教授,有的已登上世界级音乐舞台。

④共随星海唱黄河:"星海"指中国现代杰出的作曲家冼星海。"黄河"指冼星海作曲、光未然作词的音乐史诗《黄河大合唱》。郭淑珍的代表作《黄河怨》,是《黄河大合唱》中第六乐章。其技巧性极强,是检验女高音歌唱家的"试金石"。

〔笺疏〕

郭淑珍老人是魏明伦的忘年交。2019年,郭淑珍九十二岁高龄,专程飞赴成都,换小车赶到内江市出席魏明伦碑文馆开馆典礼。

三年后,魏明伦撰联庆贺郭老九十五岁生辰。一语双关,把九五华诞和九五至尊融合,又把黄河与星海对称。构思巧妙,平仄和谐。姜昆书写,由郭老的学生李谷一送到央视现场,呈交寿星郭老。

送赵忠祥①

金话筒六十年②，喉舌铿锵，新闻变幻，播小平三落复三起；

彩屏幕万千户，笙歌扬抑，文艺褒贬，主春晚几兴又几衰。

〔注释〕

①赵忠祥（1942—2020）：中国第一位电视男性播音员。1959年进入中央电视台的前身——北京电视台。1979年随邓小平访美期间，采访过美国总统卡特。从1984年起，主持过12次中央电视台春节联欢晚会。1993年获第一届金话筒奖特殊荣誉奖。主持《新闻联播》《动物世界》等节目。从艺长达六十年，直播无差错。

②金话筒：中央广播电视协会设置的金话筒奖，是全国广播电视主持人的最高荣誉奖项。

〔笺疏〕

这一副对联是魏明伦获悉赵忠祥去世的当天撰写。他接受《封面新闻》记者采访，评价赵忠祥"从60年代到90年代初，从'文革'到改革开放,中国重大新闻报道,多从播音员赵忠祥口中首先播出,传遍四海五洲"。

与赵忠祥共勉

献谀言溜须[①],进诤言逆耳,作诤友,用意似花,开腔带刺[②];

说实话掏心,听真话折腰[③],求真理,虚怀若谷[④],从谏如流[⑤]!

〔注释〕

① 谀言:语出《汉书·匡衡传》:"阿谀附下罔上。"说奉承话,拍马屁。

② 开腔:川人俗语,即开口说话。

③ 听真话折腰:魏明伦《巴山鬼话》:"真话是真理的基础,真理是真话的升华。真话不等于是真理,但真理起码必须是真话。"罗马格言:"向真理低头不是耻辱。"因此,"听真话折腰"理所当然。

④ 虚怀若谷:语出《老子》:"敦兮其若朴,旷兮其若谷。"指人的胸怀像山谷一样深而宽广,听取吸收别人的意见。

⑤ 从谏如流:语出西汉班彪《王命论》:"从谏如顺流。"听取别人意见,像流水一样自然流畅。

〔笺疏〕

2008年，赵忠祥发表七律《神七赞》。魏明伦读后，通过媒体，直率地逐条指出其诗平仄失调，粘连乱套，是"伪七律"！赵忠祥虚心接受批评，向魏明伦请教。魏明伦分析普通话和旧体诗平水韵的区别，赵忠祥获益匪浅，认真制作《入声字表》，苦学苦练，重写《神七赞》：

腾焰飞船举世骄，中华勇士上云霄。
出舱漫步伴天链，定轨疾驰巡鹊桥。
自古飞天常似梦，从今奔月竞如潮。
嫦娥含笑呈佳酿，桂子飘香满玉瓢。

说真话不容易，听真话更不容易。赵忠祥与魏明伦从此结为诗友，传为佳话。

怀念乔羽长联[①]

乔老爷奇遇[②]，左手太行山[③]，右脚杏花村[④]，飞越上甘岭[⑤]，沙场烽火，夜梦艄公号子，舟上白帆[⑥]，荡起双双船桨[⑦]；

刘三姐放歌[⑧]，窗口绿蝴蝶[⑨]，路边红牡丹[⑩]，旋转大风车[⑪]，皓首童心，漫吟晚景夕阳[⑫]，陈年美酒[⑬]，难忘岁岁今宵[⑭]。

〔注释〕

① 乔羽（1927—2022）：著名词作家、剧作家。代表作有《让我们荡起双桨》《我的祖国》《人说山西好风光》《刘三姐》《思念》《牡丹之歌》《难忘今宵》《爱我中华》《最美不过夕阳红》等。曾任中国歌剧舞剧院院长、中国音乐文学学会主席、中国社会音乐研究会名誉会长、北京大学歌剧研究院名誉院长、第八届全国政协委员。中国文学艺术界联合会第十届荣誉委员。2019年6月，《让我们荡起双桨》入选中宣部"庆祝中华人民共和国成立70周年优秀歌曲100首"。

② 乔老爷奇遇：20世纪50年代，川剧《乔老爷奇遇》赴上海献演，反响强烈。上海电影制片厂立即改成电影《乔老爷上

轿》，韩非主演。从此诞生一个词语"乔老爷"。

③ 左手太行山：乔羽作词《人说山西好风光》的名句"左手一指太行山"。

④ 右脚杏花村：乔羽所作歌词"杏花村里开杏花，儿女正当好年华"。

⑤ 飞越上甘岭：乔羽为电影《上甘岭》写主题歌歌词。

⑥ 艄公号子，舟上白帆：乔羽为《上甘岭》作主题歌歌词"我家就在岸上住，听惯了艄公的号子，看惯了船上的白帆"。

⑦ 荡起双双船桨：乔羽为电影《祖国的花朵》所作插曲《让我们荡起双桨》。

⑧ 刘三姐放歌：乔羽1962年根据广西彩调剧《刘三姐》改编电影，增添歌词。

⑨ 窗口绿蝴蝶：乔羽所写歌词"你从哪里来？我的朋友，好像一只蝴蝶飞进我的窗口"。

⑩ 路边红牡丹：乔羽为电影《红牡丹》所作插曲《牡丹之歌》。

⑪ 旋转大风车：乔羽为儿童电影《大风车》所作主题歌歌词。

⑫ 漫吟晚景夕阳：乔羽为中央电视台《夕阳红》栏目作词，流传甚广。

⑬ 陈年美酒：《夕阳红》中词句"夕阳是陈年的酒"。

⑭ 难忘岁岁今宵：乔羽在1984年应邀为央视春晚作闭幕曲《难忘今宵》歌词。由王酩作曲，李谷一演唱。以后三十八年央视春晚必以此曲收尾。流传极广，家喻户晓。

〔笺疏〕

魏明伦与乔羽相识相交始于1993年央视春晚的合作。作为总撰稿人，魏明伦大胆修改了乔羽的歌词，并得到乔羽认可。最后由乔羽、魏明伦共同作词的歌曲《春的祝贺》，由歌唱家彭丽媛在1993年央视春晚黄金时段演唱。2010年10月，魏明伦从艺六十周年座谈会在成都召开时，乔羽亲笔书写专函祝贺："明伦先生，您的雄奇瑰丽为中国剧坛造一佳境，堪友堪师，当存久远。"

魏明伦此联撰于乔羽离世当日，以寄托对好友的怀念之情。上联以双关语"乔老爷奇遇"，嵌名串珠乔羽早年代表作《人说山西好风光》《我的祖国》《让我们荡起双桨》；下联用"刘三姐放歌"嵌名串珠《刘三姐》《思念》《牡丹之歌》《大风车》《最美不过夕阳红》《难忘今宵》。构思精巧，联对工整，叠词"双双"与"岁岁"的运用，增加韵律感。"双双"指《让我们荡起双桨》；"岁岁"指《难忘今宵》唱了三十多年，岁岁难忘。

王晓棠从艺七十周年长联①

明星少将,电影生涯逾古稀。缅桂花儿优美②,伦巴舞蹈风骚③。英雄胆魄虎威④,旅伴行踪神秘⑤。少女黎英活泼⑥,妖女阿兰妩媚⑦。早年成器,步步登高,惊闻边寨传烽火⑧。

银幕老兵,沧桑岁月近耄耋。鱼雷快艇海鹰⑨,鄂尔多斯风暴⑩。野火焚烧枯草,春风吹拂古城⑪。金环大姐牺牲,银环小妹抗争⑫。晚岁飞翔,翩翩起舞⑬,喜看芬芳守誓言⑭。

〔注释〕

①王晓棠(1934—):新中国二十二大电影明星之一,中国影协副主席,八一电影制片厂厂长,少将军衔。获得第十一届卡罗维·发利国际电影节青年演员奖,中国电影世纪奖女演员奖,第二十一届中国电影金鸡奖最佳编剧奖,第十二届中国电影表演艺术学会金凤凰奖终身成就奖,华鼎奖中国电影终身成就大奖,第三十届中国电影金鸡奖终身成就电影艺术家奖。

②缅桂花儿优美:1955年,王晓棠主演电影《神秘的旅伴》里的插曲《缅桂花儿十里香》。

③ 伦巴舞蹈风骚：1958年，王晓棠在《英雄虎胆》中扮演女特务，在戏中大跳伦巴舞。

④ 英雄胆魄虎威：1958年拍摄的电影《英雄虎胆》，原著丁一三。

⑤ 旅伴行踪神秘：1955年拍摄的电影《神秘的旅伴》，根据白桦原作《无铃的马帮》改编。

⑥ 少女黎英活泼：王晓棠在《神秘的旅伴》中饰演天真活泼的姑娘小黎英。

⑦ 妖女阿兰妩媚：王晓棠在《英雄虎胆》中饰演妖娆的女特务阿兰。

⑧ 惊闻边寨传烽火：1959年，王晓棠在电影《边寨风云》中饰演景颇族姑娘马诺。

⑨ 鱼雷快艇海鹰：1959年王晓棠主演的电影《海鹰》，讲述海军鱼雷快艇小队的故事。

⑩ 鄂尔多斯风暴：1962年，王晓棠在电影《鄂尔多斯风暴》中饰演乌云花。

⑪ 野火焚烧枯草，春风吹拂古城：1963年拍摄的电影《野火春风斗古城》，原著李英儒。

⑫ 金环大姐牺牲，银环小妹抗争：王晓棠在电影《野火春风斗古城》中，一人分饰金环、银环两个角色。

⑬ 晚岁飞翔，翩翩起舞：1982年，王晓棠执导电影《翔》，并饰演女主角蔡翩翩。

⑭ 喜看芬芳守誓言：王晓棠晚年自编自导的电影《芬芳誓言》，荣获百花奖最佳故事片奖、金鸡奖最佳编剧奖、华表奖

评委会奖、中宣部"五个一"工程奖。

〔笺疏〕

魏明伦与王晓棠同任全国政协委员，友谊深厚。2001年王晓棠到成都，上门造访魏明伦，特邀魏明伦与她筹拍的三星堆影片合作。2005年7月，魏明伦赴京开会。王晓棠作东，宴请主宾魏明伦，并邀李光羲、杜近芳、李谷一、陈爱莲、姜昆、沈铁梅等好友作陪。王晓棠赠送魏明伦一把檀香木纨扇，亲书"神仙会"，在场众位嘉宾在扇上签名留念，传为雅聚。2010年，魏明伦从艺六十周年，王晓棠书写"大智慧"三字祝贺。2019年，魏明伦碑文馆建成，王晓棠在四尺宣纸上大书"馨碑"二字祝贺。2022年，王晓棠从艺七十周年纪念，魏明伦撰此联祝贺。

评金庸①

书市大侠②,逐鹿中原谁定鼎③?
武林小说,占鳌绝顶金为峰④!

〔注释〕

①金庸(1924—2018):原名查良镛,生于浙江省海宁市。武侠小说家、新闻企业家、社会活动家。香港"四大才子"之首,创办《明报》。著有《天龙八部》《鹿鼎记》《笑傲江湖》《射雕英雄传》《神雕侠侣》等15部畅销武侠小说。获大紫荆勋章、文学创作终身成就奖、2008影响世界华人终身成就奖。

②大侠:源于司马迁《史记·游侠列传》。后来泛指通过自身力量帮助他人,对社会做出贡献,且具备超出一般人的能力、勇气、道德仁义,有大作为的人。武侠小说家金庸,被海内外众多读者称为"金大侠"。

③逐鹿中原谁定鼎:指小说《鹿鼎记》。这是金庸封笔之作,也是扛鼎之作。逐鹿中原:语出《史记·淮荫侯列传》:"秦失其鹿,天下共逐之"。定鼎,原指帝王建国,这里转用于金庸在武侠小说领域有定鼎之势。

④占鳌绝顶金为峰:借用林则徐对联"山登绝顶我为

峰"。魏明伦化作"金为峰",指金庸在古今武侠小说领域独占鳌头。

〔笺疏〕

魏明伦获悉金庸辞世,连夜写下挽联。

早在1996年,金庸在香港观看了魏明伦编剧的电影《变脸》,十分称赞。1998年,魏明伦带自贡市川剧团赴香港献演《潘金莲》《中国公主杜兰朵》。金庸宴请魏明伦夫妇。席间互说经历。金庸得知魏明伦次子名叫"魏完",即兴挥笔题词:

魏完:

"完"在求完全,求完美,求完成。完成不难,完美、完全则难矣。可以此为理想,不必真求完美也。

金庸
一九九八.六.十五

2003年10月,"金庸华山论剑"大型文化活动在华山举行。魏明伦作为嘉宾,上华山与金庸"论剑"。魏明伦直言:"在现代小说领域,相对鲁迅小说《铸剑》,金庸之'剑'有所局限,是深山和浅丘之分。"金庸当即认可。次日,魏明伦陪金庸到西安市市内,与金庸"碑林谈艺"。

魏明伦借用林则徐对联"山登绝顶我为峰",比喻金庸在古今武侠小说史上成就最高,"山登绝顶金为峰"!

2004年，金庸访问成都，寻找魏明伦。魏明伦应邀前往，陪同金庸游览峨眉山、青城山、都江堰。金庸为魏明伦孙子魏如来题词：

如来小友：

　　在印度佛教中原意，如来、如去、如自在，一切顺其自然，不要勉强追求之意。

金庸
甲寅年秋日

又为魏明伦孙女魏如飞题词：

如飞小妹妹：

　　你要飞快长大，飞快的升级，升学。飞快的贡献社会，飞快的获得成功！一切都如飞！

金庸伯伯
2004年9月

魏明伦曾在"碑林谈艺"会上致辞："金庸在武侠小说史上造诣最高。前无古人，也许后无来者。"这副挽联表达了"鬼才"对"大侠"的高度评价。

挽杨在葆①

从奴隶,到将军②,再作影坛隐士;
获金鸡③,辞银幕,终为浊世清流④。

〔注释〕

① 杨在葆(1935—2021):中国著名演员,主演电影《红日》《从奴隶到将军》《血,总是热的》《代理市长》《原野》等,自导自演电影《昨日的承诺》。获第四届金鸡奖最佳男主角奖,第七届百花奖最佳男演员奖,第九届百花奖最佳男演员奖,荣获"中国文联终身成就电影艺术家"称号。

② 从奴隶,到将军:《从奴隶到将军》是杨在葆1979年主演电影片名。此句巧妙拆分片名,语义双关。指杨在葆从默默无闻的演艺界新生力量到业界领军人物的艰辛蝶变。

③ 获金鸡:"金鸡"即"中国电影金鸡奖",于1981年创办,因当年属中国农历鸡年,故名。是中国电影界权威、专业的电影奖,也是华语电影最高成就大奖之一。1983年杨在葆主演电影《血,总是热的》获得第四届金鸡奖最佳男主角奖。

④ 浊世清流:指杨在葆在社会变革中保持清醒的认知,不随波逐流。语出《楚辞·九辩》:"处浊世而显荣兮,非余心之所乐。"

〔笺疏〕

2021年2月14日,魏明伦得知杨在葆去世消息即撰此联,可见他与杨在葆的交谊深厚。魏明伦先后将自己的杂文集、碑文集送给杨在葆。在庆贺魏明伦从艺六十周年时,杨在葆送上了自己亲笔贺词:"说真话是人才,不敢说真话是庸才,趋炎附势是奴才,抵制抨击假话是英才!——读明伦大作有感。"2019年,魏明伦碑文馆建成,杨在葆赠送书法,节录魏明伦碑文警句:"歌颂真善美,谴责假恶丑。赞美不溢美,报喜更报忧。"魏明伦曾在媒体上评价:"杨在葆在电影界是很罕见的,他说'我在经济大潮中是一个败将,但不是一个降将'。杨在葆同流而不合污,在电影界是一个有思想、有骨气的人。"

挽叶永烈①

旧闻记者②，用新思，探真相，十万个为什么③？

高产作家，人低调，书大观，一亿册小灵通④！

2020年5月16日速成

〔注释〕

① 叶永烈（1940—2020）：传记文学家、报告文学家、科普文学家、儿童文学家、历史学家、电影导演。著作等身，作品超过3500万字。代表作《真理诞生于一百个问号之后》《床头上的标签》《炸药工业之父——诺贝尔》等，被选入小学语文教材；科幻小说《小灵通漫游未来》获全国第二届少年儿童文学创作一等奖；长篇童话及电影《哭鼻子大王》获中国电影华表奖；导演电影《红绿灯下》获中国第三届电影百花奖；1998年获香港文学艺术中华金龙奖最佳传记文学奖。

② 旧闻记者：叶永烈不是新闻记者，而是记录历史逸事，记载人物传记，人称"旧闻记者"。

③十万个为什么:《十万个为什么》是少年儿童出版社在20世纪60年代初编辑出版的一套青少年科普读物。1960年,20岁的在校大学生叶永烈参与写作了第一版的《十万个为什么》。

④一亿册小灵通:叶永烈20世纪60年代初写作的小说《小灵通漫游未来》和连环画系列,发行量达到1亿册。

〔笺疏〕

魏明伦此联落款"2020年5月16日速成",当是得知叶永烈去世消息后第一时间撰写。两人早年神交,彼此慕名。几次一起参加笔会,渐成文友。2002年,魏明伦戏剧创作研讨会在成都召开,身在深圳的叶永烈特别手书贺词:"怪杰登场易胆大,如雷贯耳魏明伦。"魏明伦评价叶永烈"不求虚荣,敢说真话"。他坚持"大题材,高层次,第一手",用"七分跑,三分写"的方法达到目标。"他的记实文学是信史,必然传世。"魏明伦这副悼念叶永烈的对联虽为速成,却对仗工整,平仄合律。短短两行,巧妙嵌入叶永烈两部代表作。用"十万个为什么",对"一亿册小灵通",嵌名自然,措辞精确。

歌唱家李光羲九十华诞[①]

放歌九一八，唱到九旬高寿[②]；
祝酒十三亿[③]，音回十月春雷。

〔注释〕

①李光羲（1929— ）：男高音歌唱家、歌剧表演艺术家，中央歌剧院国家一级演员。主演西洋经典歌剧《茶花女》《货郎与小姐》《叶甫盖尼·奥涅金》。演唱民族经典歌曲《松花江上》《祝酒歌》《革命人永远是年轻》《北京颂歌》《太阳出来喜洋洋》等一百余首。深受全国观众欢迎，家喻户晓。荣获首届中国金唱片奖、建国四十年优秀歌曲首唱奖等。曾任全国政协委员，享有国务院颁发"有突出贡献的优秀专家"称号。

②放歌九一八，唱到九旬高寿：1965年，李光羲在音乐舞蹈史诗《东方红》中演唱抗日名曲《松花江上》。歌中反复咏叹"九一八"，全国广泛传唱。此处"九一八"代指歌曲《松花江上》。这首歌历经半个多世纪，李光羲从青年唱到90高龄。

③祝酒十三亿：1976年10月粉碎"四人帮"，全国人民欢欣鼓舞，举杯欢庆。施光南作曲，韩伟作词，李光羲首唱的

《祝酒歌》应运而生,激起全国人民共鸣。

[**笺疏**]

李光羲是魏明伦的忘年交。他俩一同出任第七、八、九届全国政协委员。李光羲钦佩魏明伦敢说真话,秉笔直书。2010年,魏明伦从艺六十周年,李光羲专程到成都祝贺。高唱《祝酒歌》。2013年,魏明伦文学馆开馆,李光羲又到大邑安仁镇现场,再唱《祝酒歌》祝贺开馆。2015年,李光羲与电影演员雷恪生、陶玉玲、歌唱家王静、李元华等到成都开会。李光羲带这群文化名人专程去参观魏明伦文学馆,三唱《祝酒歌》。

魏明伦这副楹联,撰于李光羲九十华诞前夕,突出对方两首传唱久远的歌曲。

上联以"九一八"映衬"九旬",下联以"十三亿"烘托"十月"。数字连环,衔接巧妙。

题李谷一[①]

花鼓登台[②],惊鸿一瞥,年年常记知音乡恋[③];
骊歌压轴[④],尾凤卅年[⑤],岁岁难忘春晚今宵。

〔注释〕

① 李谷一（1944— ）：中国女高音歌唱家，国家一级演员。代表作有花鼓戏《补锅》、电影《南海长城》主题曲《永远不能忘》、中国第一首流行歌曲——电视风光片《三峡传说》插曲《乡恋》、电影《知音》插曲《高山流水》、央视春晚歌曲《难忘今宵》等。1989年，获广电部中国唱片社颁发的首届"中国金唱片奖"；1991年，获文化部"优秀演员奖"；1996年，获美国ABI协会颁发的"世界艺术家成就奖"；1999年，获中国中央电视台与美国MTV电视台颁发的"终身成就奖"。

② 花鼓登台：1964年，20岁的李谷一在中南地区戏剧会演活动中演出湖南花鼓戏《补锅》，获湖南省和中南五省戏剧会演优秀奖。

③ 常记知音乡恋：此处嵌名《知音》《乡恋》。1981年，李谷一演唱电影《知音》插曲。1983年，作为央视春晚正式登台的第一位歌手，李谷一演唱现代风格的《乡恋》，海内外

传唱。

④骊歌：告别之歌，语出先秦逸诗"骊驹在门，仆夫具存，骊驹在路，仆夫整驾"。此处指李谷一在央视春晚结尾演唱的《难忘今宵》。

⑤尾凤卌年：尾凤即凤尾，文艺的佳构，力求豹头、熊腰、凤尾。从1983年起，李谷一在央视春晚演出尾声压阵，尔后四十年春晚，每年都由李谷一演唱压轴，创造奇迹。

〔笺疏〕

魏明伦与李谷一同任全国政协委员，二十年同在一个小组参政议政。2000年，李谷一在政协会上率先揭露东方歌舞团的腐败现象。2001年，魏明伦在政协会上提议反对艺术腐败。李谷一与魏明伦志同道合，被戏称为"金童玉女"。次年元宵节，魏明伦作词，杨善朴作曲的元宵主题歌《人人欢度百元宵》，由李谷一在央视元宵晚会上演唱。2001年，李谷一从艺四十周年，魏明伦撰此联庆贺。

挽王文娟[1]

台下王文娟，寿比苍松，只遗憾未登百岁；
戏中林黛玉，命夭豆蔻[2]，却欢欣已誉千秋[3]。

〔注释〕

[1] 王文娟（1926—2021）：越剧表演艺术家。主演《红楼梦》《春香传》《追鱼》《孟丽君》《则天皇帝》等。荣获中国文联终身成就戏剧家称号。

[2] 命夭豆蔻：命夭，即早逝。豆蔻，秋季结实。早春萌芽，又名含胎花，比喻少女。林黛玉豆蔻年华，抱恨而终。

[3] 却欢欣已誉千秋：王文娟在舞台和电影里塑造的林黛玉形象，将伴随《红楼梦》永远活在人们心里。

〔笺疏〕

2012年11月，王文娟与魏明伦一同做东方卫视嘉宾。王文娟将自传《天上掉下个林妹妹》赠送魏明伦，手书"春华秋实，与魏明伦共勉"。2021年8月6日，魏明伦得知王文娟去世的消息，速写这副挽联。

题王文娟、孙道临伉俪①

问银屏黛玉谁优？晓旭晚香②，文娟早茂③；
评艺苑鸳鸯孰美，宝哥非假④，颦妹亦真。

〔注释〕

①孙道临（1921—2007）：著名电影演员，主演电影《民主青年进行曲》《乌鸦与麻雀》《渡江侦察记》《家》《永不消逝的电波》《革命家庭》《早春二月》《一盘没有下完的棋》等。获得电影世纪奖最佳男演员奖、中宣部"五个一"工程奖、中国电影百年百位优秀演员奖。新中国二十二大电影明星之一。

②晓旭晚香："晓旭"指陈晓旭，在1987年版电视剧《红楼梦》中饰演林黛玉，她的走红晚王文娟二十五年。

③文娟早茂：早在1962年，王文娟主演越剧电影《红楼梦》之林黛玉，家喻户晓，塑造了"永远的林妹妹"形象。

④宝哥非假：作者戏言，贾宝玉姓贾，不是"假"。

〔笺疏〕

魏明伦的忘年交，剧作家黄宗江是孙道临、王文娟的"媒人"。1987年底，黄宗江到自贡参加魏明伦剧作研讨会。适逢孙道临、王文娟夫妇到自贡筹拍电视连续剧《吴玉章》。黄宗江向孙道临盛赞魏明伦的艺术成就,共同观看魏明伦新剧《夕照祁山》。孙道临惊叹:"我看到了崭新的诸葛亮。"遂邀请魏明伦为电视剧《吴玉章》撰写主题歌词,由音乐家吕其明作曲。从此与魏明伦结交。魏明伦评价王文娟:"她真正是第一个把林黛玉演得那么成功,天生的林妹妹。"

此联赞美这一对艺术伉俪比翼双飞,彼此都是从一而终。

送方成①

漫画家乘风去世,笑昔年,侏儒开店②,犬儒辅政③;

长寿翁跨鹤回头,问何时,雾罩散霾,口罩启封④?

2018年8月22日闻讯即挽

〔注释〕

① 方成(1918—2018):当代著名漫画家、杂文家、幽默理论研究家。与华君武、丁聪一起并称为中国漫画界的"三老"。出版《康伯》《方成漫画选》《幽默·讽刺·漫画》。1980年,代表作《武大郎开店》引发社会强烈反响。2009年荣获中国美术奖"终身成就奖",2012年他将一部分书画作品捐赠给国家博物馆。

② 侏儒开店:指方成的代表作《武大郎开店》。

③ 犬儒:原指古希腊一个哲学流派,后来泛指不问民生,玩世不恭的知识分子。

④ 雾罩散霾,口罩启封:"雾""霾"指弥散在空气中

的有害物质，此处喻思想领域的混乱状态。口罩，此处喻指封口禁言，不作现在防疫用品解。方成从前曾有漫画精品，画中两位好友，戴着口罩，对面交谈，下题《畅所欲言》，反讽之意鲜明。魏明伦这句下联，问雾霾何时散去，束缚思想的"口罩"启封，言路广开。

〔笺疏〕

魏明伦与方成是忘年挚友。2013年，魏明伦文学馆开馆，展出方成描绘魏明伦的漫画。画中魏明伦西装革履，背后却插着四杆戏曲武将的靠旗，双手分执两杆长枪。方成题词《西江月》：

不论古今中外，任他南北东西，人间情理差不离，搬上舞台是戏。　角色五洲四海，情节百样出奇，悲欢哀乐动心扉，且看明伦手笔。

魏明伦2018年8月22日获悉方成辞世，十分悲痛，即撰挽联，表达悼思。

题王铁成[①]

喜怒哀愁[②],一生只演一人,影坛无二;
琴棋书画,百艺兼藏百宝,古董上千。

2022年3月17日撰联

〔注释〕

① 王铁成(1938—　):中国儿童艺术剧院资深演员。饰演伟人周恩来的特型演员。在话剧《转折》《报童》《喜哥》,大型歌舞剧《中国革命之歌》,电影《周恩来》《大河奔流》等几十部作品中,成功塑造周恩来的艺术形象。1992年获第十二届中国电影金鸡奖最佳男主角奖,第十五届电影百花奖最佳男演员奖。2019年在第三十二届中国电影金鸡奖颁奖典礼上获"中国文联终身成就电影艺术家"称号。

② 喜怒哀愁:喜怒哀乐为人的各种感情,此处置换为"喜怒哀愁",是对联平仄所需,兼之王铁成饰演的周恩来,从革命战争时期,到新中国建设时期,总理国家大事,日理万机,鞠躬尽瘁,死而后已,"愁"多于"乐"。

〔笺疏〕

魏明伦与王铁成同任全国政协委员，交谊较深。2013年，魏明伦文学馆开馆，王铁成应邀专程赴四川大邑安仁镇庆贺。

众所周知，王铁成扮演周恩来，形神兼备，堪称一绝。更绝的是他一生只演周总理，没演过其他人物，古今中外演员罕见。他爱好广泛，花鸟虫鱼，琴棋书画，说学逗唱，拉京胡，斗蛐蛐……他又是出色的收藏家，入选"2009影响中国收藏界十大人物"，并在山东寿光市建立王铁成收藏馆。

魏明伦这副对联，正是抓住王铁成"一生只演一人"，"百艺兼藏百宝"两大特征，以"影坛无二"，"古董上千"，颂扬他在电影界和收藏界的双丰收。由著名相声表演艺术家姜昆书写，赠送王铁成。

预挽刘兰芳①

兰芳嘱我：趁她健在，过目细赏。否则，她跨鹤西游，未读挽文，抱憾泉台！谈笑中，姑且挽之。

一拍惊堂木，如雷贯耳。话说评书，柳敬亭复活②。岁当不惑，频传捷报，彪炳岳家英烈，杨家英烈；

几声短笛腔③，似水流年。手敲大鼓④，小彩舞再生⑤。年逾古稀，预送挽联，追思京剧兰芳，曲艺兰芳。

〔注释〕

① 刘兰芳（1944—　）：著名评书表演艺术家，享受国务院特殊津贴。中国文学艺术界联合会第十届荣誉委员，全国政协委员、中国曲艺家协会名誉主席。自1979年开始，她整理编写（与丈夫王印权合作）、播讲的代表作长篇评书《岳飞传》在百余家电台播出。出版发行图书100多万册，轰动全国，影响海外。后又编写播出《杨家将》《红楼梦》等30多部评书，多次在全国获奖。2019年当选"70年70人・杰出演播艺术家"，

又当选"2019·中国非遗年度人物"。2020年荣获第十一届中国曲艺牡丹奖"中国文联终身成就曲艺艺术家"称号。

②柳敬亭：明末清初评书开山鼻祖。

③短笛腔：语出宋代雷震诗："牧童归去横牛背，短笛无腔信口吹。"

④手敲大鼓：刘兰芳兼有绝活，演唱京韵大鼓，界内折服。

⑤小彩舞：即骆玉笙，京韵大鼓艺术大师。

〔笺疏〕

魏明伦从艺七十周年，刘兰芳精心制作云祝福："明伦兄从艺七十年来，在戏剧、杂文、辞赋领域取得骄人成就。尤其是川剧，常演常新。他的戏唱到哪里，魏明伦的名字就响到哪里。我记忆特深的是，他和我同在全国政协文艺组，见他积极建言献策，敢于秉笔直书，为民发声。他的才华和人品，是我十分敬佩。常见他给文艺界仙逝的老友写动人的挽联。我预约，请她给我预写挽联，我预先过目，以免我去世后，未读挽联，抱憾泉台！"因此，魏明伦谈笑"预挽之"。

致姜文[①]

我无缘,未续芙蓉镇[②],祝老姜更辣[③],阳光再灿;

君有幸,早漂纽约城[④],愿新片又红,子弹重飞。

〔注释〕

①姜文(1963—):中国电影演员、导演。主演《芙蓉镇》《红高粱》《北京人在纽约》等影视作品;导演《阳光灿烂的日子》《让子弹飞》《鬼子来了》《邪不压正》等电影。三次获百花奖最佳男主角奖,三次获金鸡奖最佳男主角奖,六次获香港电影金像奖,九次获台湾电影金马奖,四次获澳门国际电影节奖,五次获亚洲电影节奖,七次获华语电影奖。获第五十三届戛纳国际电影节评审团大奖,第五十四届戛纳国际电影节海外电影人奖,第三届华语电影男演员金奖,第十一届华语电影最佳导演奖。

②我无缘,未续芙蓉镇:由谢晋导演,刘晓庆、姜文主演的电影《芙蓉镇》,获得巨大成功。1995年,谢晋筹拍《芙蓉镇新传》,特邀魏明伦出任编剧,托姜文与魏洽谈。后因《芙

蓉镇》原作者古华反对拍摄新传,此事终止。

④老姜更辣:姜文自称老姜。魏借用俗语"姜是老的辣",一语双关。

④早漂纽约城:指姜文1993年主演的电视剧《北京人在纽约》。

〔笺疏〕

魏明伦与姜文是老朋友,同为全国政协委员。平时交游,笑语无拘。2010年,魏明伦从艺六十周年典礼,姜文赠送谐联:

人短寿高享甲子;
巴新蜀异出明伦。

魏明伦五短身材,姜文魁梧大汉,反差甚大。姜文上联打趣,"人短寿高";下联喝彩,"巴新蜀异"。2019年,魏明伦碑文馆落成,姜文试写几十幅字,从中选出魏碑体三个大字"新魏碑"。碑文馆、魏碑体、新魏碑,三"碑"颇具匠心。姜文得意之作《让子弹飞》,取材于马识途小说《盗官记》。姜文入川举办新闻发布会,恭请马老和魏明伦出席。马老当场赋诗,由魏明伦朗诵,祝贺姜文成功。

这副《致姜文》楹联,体现魏明伦和姜文长久而别致的友谊。

题黄宗英表演和写作①

一门五杰②,甜姐超群③。上银幕,闪明星。少妇演梅花④,妙龄饰丽人⑤。借宿街头,追踪巷尾⑥。曲中幸福,脑中狂想⑦。文友艺友俱盼。鸡鸣矣⑧! 抬头鱼肚白。大兄希冀团圆⑨,三毛反抗豪门⑩。乌鸦逃窜,麻雀欢呼迎曙色⑪;

两艺双栖,姑娘特别⑫。挥彩笔,写美文。亢奋颂知青,虔诚赞苦女。扎根乡下,落魄底层。歌里大旗,泥里小丫⑬。作者读者皆痴。梦醒也! 回首残阳血。六秩钟情木屋⑭,七旬剪烛书窗⑮。白发婆娑,雁翔返舞入枫丹⑯。

乙未(2015)岁末撰联

[注释]

①黄宗英(1925—2020):表演艺术家、作家。主演话剧《甜姐儿》,主演电影《鸡鸣早看天》《幸福狂想曲》《街头巷尾》,参演电影《武训传》《家》《丽人行》《乌鸦与麻

雀》《一盘没有下完的棋》等。创作报告文学《小丫扛大旗》《特别姑娘》《小木屋》等。

②一门五杰：指黄家杰出的五人，宗江、宗汉、宗淮、宗英、宗洛。

③甜姐超群：黄宗英早年主演话剧《甜姐儿》。

④少妇演梅花：黄宗英在电影《家》中饰演梅表姐。

⑤妙龄饰丽人：黄宗英早年参演电影《丽人行》。

⑥借宿街头，追踪巷尾：黄宗英早年主演电影《街头巷尾》。

⑦曲中幸福，脑中狂想：黄宗英早年主演电影《幸福狂想曲》。

⑧鸡鸣矣：黄宗英早年主演电影《鸡鸣早看天》。

⑨大哥希冀团圆：黄宗英大哥黄宗江编剧《大团圆》。

⑩三毛反抗豪门：黄宗英早年参演电影《三毛流浪记》。

⑪乌鸦逃窜，麻雀欢呼迎曙光：黄宗英早年参演电影《乌鸦与麻雀》。

⑫姑娘特别：黄宗英写作报告文学《特别姑娘》。

⑬歌里大旗，泥里小丫：黄宗英写作报告文学《小丫扛大旗》。

⑭六秩钟情木屋：一秩是十年。黄宗英60岁时写作报告文学《小木屋》。

⑮七旬剪烛书窗：十岁为一旬。黄宗英70岁时出版的散文集《半山半水半书窗》。

⑯雁翔返舞入枫丹：指黄宗英描写的生态学教授徐凤翔。

枫丹,指经霜泛红的枫叶,此处喻人生秋景美好。

〔笺疏〕

魏明伦与黄宗英大哥黄宗江交谊深厚,经宗江介绍,黄宗英佩服魏明伦的才华和品格。魏明伦从艺六十周年,黄宗英赠送贺词"正直的艺术奇才"。

2014年,魏明伦到上海华东医院探望黄宗英,促膝长谈,涉及黄宗英早年在批判《武训传》风暴中受牵连的往事。

2019年,魏明伦撰写《题黄宗英》三副长联。黄宗英希望留存魏明伦手稿,魏明伦遂托东方卫视主持人曹可凡将长联手稿送到黄宗英手中保存。

题黄宗英婚恋

鸾鸣凤应,知音女,青春配。结缡卅二年①,温衾暖赵郎。缔银幕姻缘②,调明星琴瑟。情书早亮,遗嘱长辉③。忘不了罹文网,经灾难,同风雨,共悲欢。幸也!数影坛,伊为佳偶?《鸳鸯谱》里无双侣;

石破惊天,未亡人,黄昏恋。居孀十四载,斗胆作新妇④。破礼教樊笼,砸贞洁牌坊。舆论哗然,绯闻叠起。挡不住寻老伴,争爱情,除成见,传佳话。嗟夫!叹女杰,孰敢再醮?《雌雄论》外第一名⑤!

〔注释〕

① 结缡:即结婚,古代嫁女的一种仪式。语出《诗·豳风·东山》:"亲结其缡。"

② 缔银幕姻缘:黄宗英1947年与赵丹联合主演电影《幸福狂想曲》相恋,后修成正果。

③ 遗嘱长辉:赵丹1980年9月于病床留下遗嘱,黄宗英整理成文《管得太具体,文艺没希望》,同年10月8日在《人民日

报》发表。

④斗胆作新妇：赵丹逝世14年后，黄宗英与赵丹老友冯亦代先生黄昏恋，结成老伴。

⑤《雌雄论》：即魏明伦发表于1989年1月10日《文汇报》的杂文名篇《雌雄论》。此文大胆思辨中国妇女的守寡现象。

〔笺疏〕

黄宗英一生四次婚姻。此联抒写其后两段婚姻生活。盛赞黄宗英和赵丹戏里戏外夫妻恩爱，鸾凤和鸣。更赞黄宗英在赵丹逝世十四年后，敢于再度恋爱结婚的勇气。魏明伦感慨地称黄宗英是《雌雄论》外第一名！

题舞蹈家陈爱莲从艺七十年[①]

遐寿八旬[②]，仍演红楼黛玉；
舞龄七秩，已超乌兰诺娃[③]。

〔注释〕

① 陈爱莲（1939—2020）：舞蹈表演艺术家。从上海一心孤儿院考入中央戏剧学院附属舞蹈学习班。奋斗成才，历任中国舞蹈家协会副主席、中国歌剧舞剧院陈爱莲艺术团团长、北京市爱莲舞蹈学校校长。先后主演舞剧《红楼梦》《鱼美人》《白毛女》《小刀会》《牡丹亭》等。中国主演舞剧最多的舞蹈家，是我国在国际上最有影响的舞蹈大师之一，有"东方舞蹈女神"美誉。

② 遐寿八旬：遐寿，即高寿。语出东晋葛洪《抱朴子》："知龟龄之遐寿。"

③ 已超乌兰诺娃：苏联芭蕾舞大师乌兰诺娃（1910—1998）。代表作《天鹅湖》《吉赛尔》《罗密欧与朱丽叶》等。她1925年习舞，1960年告别舞台，实际舞龄三十五年。陈爱莲1951年习舞，81岁仍在舞台上主演林黛玉，实际舞龄将近七十年，远超乌兰诺娃。

〔笺疏〕

魏明伦与陈爱莲同任全国政协委员，同在文艺组，相交三十年。魏明伦从艺六十周年庆典，陈爱莲书写贺词"戏中有舞"。2019年夏天，陈爱莲到成都演出，特派专车接魏明伦到郊外剧场观赏舞剧《红楼梦》。满台青年舞蹈演员，唯独主演林黛玉的是八十高龄的陈爱莲。体态窈窕、舞姿绝妙，下腰劈叉、连续旋转，一系列高难度动作，流畅到位。两小时大幕戏，她跳满整场。魏明伦激动上台，拥抱"林妹妹"，全场掌声雷动。同年10月10日，魏明伦碑文馆在内江开馆。陈爱莲专程飞赴成都，连夜乘车赶往内江，为魏明伦碑文馆剪彩。这是两位好友最后一次见面。

次年，正值陈爱莲从艺七十周年前夕，魏明伦撰联祝贺。上联"红楼黛玉"，下联"乌兰诺娃"。对仗工整，色彩鲜明。几个月后，陈爱莲在北京病逝。贺联成挽联，广陵散绝。

追悼吴天明导演[1]

《人生》似梦[2],《老井》如诗[3],忆吴导宏图初展;

《变脸》有缘[4],《颤音》难续[5],悼仁兄壮志未酬[6]。

〔注释〕

① 吴天明(1939—2014):中国导演。执导电影《没有航标的河流》《人生》《老井》《变脸》《百鸟朝凤》等。获第八届电影百花奖最佳故事片奖,第八届金鸡奖最佳故事片奖、最佳导演奖,第七届夏威夷国际电影节评审团特别奖,1995年华表奖最佳对外合拍片奖,东京国际电影节最佳导演奖,第二十二届金鸡百花电影节评委会特别奖,第九届中国电影华表奖优秀故事片奖,第九届中国电影华表奖优秀导演奖。2005年。吴天明获得首届中国电影导演协会终身成就奖。

② 《人生》:吴天明导演的电影《人生》。

③ 《老井》:吴天明导演的电影《老井》。

④ 《变脸》:魏明伦编剧、吴天明导演的电影《变脸》。

⑤ 《生活的颤音》:滕文骥、吴天明导演的电影《生活的

颤音》。

⑥壮志未酬：志向没有实现。唐李频《春日思归》："壮志未酬三尺剑，故乡空隔万重山。"

〔笺疏〕

吴天明与魏明伦同为改革开放初期影剧界的闯将。1987年，天津大型刊物《艺术界》评选当代文艺界十大神秘人物，吴天明与魏明伦一同入选。1995年，吴天明专程到四川自贡，请魏明伦出山，合作电影《变脸》。魏明伦编剧，吴天明导演，香港邵氏电影公司和北京青年电影制片厂联合拍摄。《变脸》荣获中国电影金鸡奖、华表电影奖、大学生电影节奖，以及21项国际电影节奖。吴天明曾任西安电影制片厂厂长，提携张艺谋主演《老井》，支持陈凯歌拍摄《黄土地》，被称为"影坛伯乐"。2014年3月3日，吴天明突然给魏明伦打电话，说他正筹拍电影《哭丧》，特邀魏明伦再次合作，出任《哭丧》编剧。魏明伦表示考虑，约定次日从长计议。不料次日吴天明突发疾病去世，与魏明伦的约定成空。而"哭丧"一语成谶，谶语奠定这副挽联的基调：人生如梦，壮志未酬。

挽朱旭①

朱翁谢幕,此时更忆《刮痧》剧②;
影帝再生,来世又逢《变脸》缘③!

魏明伦敬挽哭别

〔注释〕

① 朱旭(1930—2018):北京人艺话剧表演艺术家。参演话剧《红白喜事》《哗变》《骆驼祥子》《胆剑篇》;主演电视剧《末代皇帝》;主演电影《变脸》《洗澡》《刮痧》等。获文化部表演一等奖、中国话剧金狮奖、大众电影百花奖最佳男配角奖、中国电影金鸡奖评委会特别奖。更凭借《变脸》摘取第九届东京国际电影节影帝桂冠。

② 《刮痧》:指朱旭主演的电影《刮痧》。

③ 《变脸》:电影《变脸》由魏明伦编剧,吴天明导演,朱旭主演。朱旭凭借《变脸》荣获第九届东京国际电影节最佳男演员奖。

〔笺疏〕

1995年，朱旭、魏明伦与导演吴天明三人合作的电影《变脸》上映成功，轰动一时。从此朱旭与魏明伦结缘。他大书横幅《变脸缘》赠予魏明伦留念。2010年，魏明伦从艺六十周年纪念活动时，朱旭特寄墨宝祝贺："戏剧名扬京沪，辞赋纸贵洛阳。"2017年，魏明伦进京演出，宴请京华文艺名家。朱旭病中，拄着拐棍赴宴，与魏明伦欢聚。2018年夏天，魏明伦赴京演出期间，分别拜访忘年交朱旭、于蓝、于洋。朱旭已重病，躺在友谊医院病床上，见魏明伦来探病，含笑说："我想站起来变脸，给你看看！"魏明伦次日撰写对联，分赠朱旭、于蓝、于洋：

残阳如旭日，仍然朱赤，四川赤子拜三老；
艺海涌汪洋，依旧蔚蓝，一介蓝衫访二于。

上联嵌名朱旭。三老，指朱旭、于蓝、于洋。二于，指于蓝、于洋。一介蓝衫，指魏明伦当天穿着蓝色短衣，是蓝衫书生。

两个月后，2018年9月15日，朱旭病逝。魏明伦闻讯，当天遥送这副挽联。突出朱旭主演的《变脸》《刮痧》两部电影，表达了痛失老友的哀思。

挽李前宽·致肖桂云[①]

鸳鸯导演,银幕联珠十九部,影坛奇迹;
琴瑟同窗,金婚合璧万千辰[②],艺苑良缘。

〔注释〕

①李前宽(1941—2021):中国著名电影导演。与妻子肖桂云联合执导电影《开国大典》获得第十届中国电影金鸡奖最佳故事片奖,第十三届大众电影百花奖最佳故事片奖。执导历史电影《重庆谈判》,获得"华表杯"政府优秀影片奖,第十七届百花奖优秀影片奖等。曾任全国人大代表、全国政协委员、上海国际电影节评委会主席、中国电影金鸡奖评委会副主任、中国电影家协会主席、中加国际电影节荣誉主席。肖桂云:1941年出生,中国著名电影导演,李前宽妻子。

②金婚合璧:"金婚"指结婚五十周年,寓意夫妻感情如黄金般灿烂与珍贵。李前宽与肖桂云,1968年结婚,两人牵手五十余载。艺术上的搭档,生活中的伴侣,珠联璧合,相得益彰。

〔笺疏〕

魏明伦与李前宽的友谊，源自一同参加中国文联组织的三次采风活动。李前宽擅长素描。三次采风中，李前宽两次素描魏明伦肖像，形神皆肖。2020年12月，四川省文化主管部门举办魏明伦从艺七十周年演出研讨活动。李前宽因重病在宁波住院，不能亲临现场祝贺，他在病榻上认真录制一段视频，发往成都，盛赞魏明伦的才华和人品。不料八个月后，李前宽在宁波慈溪逝世！噩耗传来，魏明伦速写挽联。悼李前宽，致肖桂云。虽是急就章，但厚积薄发，如实立意"鸳鸯导演"，上联突出夫妻合作电影十九部之"奇迹"。"十九"数字，给下联自设应对难题。作者笔锋一转，下联以"金婚万千辰"作答。与上联"银幕十九部"巧妙对偶。魏明伦用通俗语言答复媒体："李前宽与肖桂云同窗、同行、同庚，他们既为北京电影学院校友，又是影坛的恩爱夫妻搭档。两口子公不离婆，秤不离砣。所以我在上联称颂'鸳鸯导演'的艺术成就，下联则赞美'琴瑟同窗'，婚姻美满。"

挽童芷苓·题童祥苓[①]

童氏双星[②]，两翼银屏菊圃；
杨门孤胆，单骑林海雪原。

〔注释〕

①童芷苓（1922—1995）：京剧表演艺术家，师从梅兰芳和荀慧生。兼学程砚秋唱功，尚小云武功。戏路很广，文武昆乱不挡的"海派"旦角。代表作《红楼二尤》《金玉奴》《红娘》《大劈棺》《纺棉花》，现代戏《赵一曼》等。20世纪40年代主演电影《夜店》《女大亨》《粉墨筝琶》《影城奇谭》等。童祥苓（1935— ）：童芷苓之弟。京剧表演艺术家。八岁学戏，师从周信芳、马连良。工老生，文武双全。代表作《龙凤呈祥》《群英会》《战太平》等。尤其是在现代戏《智取威虎山》里主演杨子荣，家喻户晓，改变了他的命运。

②童氏双星：童氏京剧世家，童寿苓、童芷苓、童葆苓、童祥苓。尤以芷苓、祥苓成就最高，姐弟双星。

〔笺疏〕

童芷苓在1993年首届振兴川剧会演时结识魏明伦，激赏魏剧《巴山秀才》，拟移植为京剧。后由京剧名家李少春之子李宝春实施，改为京剧演出。

2005年，湖南卫视举办魏明伦专场演讲。特邀童祥苓、刘长瑜、孟广禄、小香玉等戏曲名家参加。童祥苓与魏明伦对话京剧兴衰。

2010年，成都举办魏明伦从艺六十周年活动，童祥苓手书贺词："魏明伦六十春秋，为川剧增添万紫千红。"

魏明伦这副对联《挽童芷苓·题童祥苓》，悼念其姐，题赠其弟。上联"童氏双星"，下联"杨门孤胆"。一实一虚，上联人中杰，下联剧中人。借京剧《杨门女将》之名，续为"杨门孤胆"，指童祥苓扮演的孤胆英雄杨子荣。用关公千里走单骑之意，化为佳句"单骑林海雪原"。

贺莫德格玛①盅碗舞②五十周年

无长袖亦善舞；
有盅碗即腾飞。

辛卯涂鸦

〔注释〕

①莫德格玛（1941— ）：蒙古族舞蹈家。1956年考入内蒙古歌舞团，1962年调进东方歌舞团，1964年在歌舞音乐舞蹈史诗《东方红》中领跳蒙古舞。创编独舞、群舞《盅碗舞》《单鼓舞》《嘎达梅林夫人》等。创演独舞《绿洲的微笑》，荣获文化部中华人民共和国成立五十周年创作一等奖，朝鲜平壤"四月之春"国际艺术节舞蹈创作金质奖。撰写《蒙古舞蹈美学鉴赏汉蒙双解辞典》《蒙古舞蹈学概论》《蒙古舞蹈部位教学法》等六部理论著作，其中《蒙古部族舞蹈之发展》获全国民族图书一等奖。

②盅碗舞：盅碗舞亦称打盅子，是蒙古族"打盅舞"和"顶碗舞"结合的舞蹈。传说起源于古代战争中获胜的族群在庆典宴会上拍掌击节，玩酒盅助兴。演变至今，发展成为手持酒盅、头顶彩碗而舞之。

〔笺疏〕

魏明伦与莫德格玛同任全国政协委员,都在文艺组。且是同庚,都生于1941年。一同出席全国政协会议,结交三十年。性格相投,开朗风趣。魏明伦从艺六十年庆典时,莫德格玛题词祝贺:

川剧幽默;
明伦诙谐。

2011年莫德格玛家乡建成莫德格玛舞蹈艺术馆。魏明伦"辛卯涂鸦",撰写贺联:"无长袖亦善舞,有盅碗即腾飞。"短短十二字,概括莫德格玛独舞特征。

魏明伦特别敬佩莫德格玛六部舞蹈理论著作,称她是舞蹈家中罕见的学者。

题王馥荔、王群伉俪[1]

荔枝三力[2],一举成名贤嫂子[3];
琴瑟两和,双王配偶好夫妻[4]。

〔注释〕

① 王馥荔(1949—):影视演员。主演电影《天云山传奇》《许茂和他的女儿们》《咱们的牛百岁》《日出》《桃姐》;电视剧《闯关东》《宋氏三姐妹》《我的三个母亲》等。荣获第七届、第九届电影百花奖最佳女配角奖,第六届中国电影金鸡奖最佳女配角奖,第一届、第十三届电视金鹰奖最佳女主角奖,中国电影表演艺术学会评定的"中国电影100位优秀电影演员"之一。王群:王馥荔的丈夫,北京军区战友话剧团导演。曾导演《我在天堂等你》《红沙河》《郝家村的故事》等话剧。

② 荔枝三力:用拆字法拆王馥荔之"荔"字三个力。

③ 一举成名贤嫂子:1975年,王馥荔饰演电影《金光大道》中贤惠善良、善解人意的农妇吕瑞芬,一举成名,被誉为中国影坛"天下第一大嫂子"。这里因平仄要求,改为"贤嫂子"。

④ 琴瑟两和,双王配偶好夫妻:琴瑟象征夫妻。琴字双

王，瑟字双王，而王馥荔、王群也是双王。

〔笺疏〕

1988年，魏明伦与王馥荔同时担任第七届全国政协委员，并连任四届，同一小组，相识二十年。

1993年，魏明伦出任央视春晚总体策划兼总撰稿，选拔王群导演的小品，并邀请王馥荔，偕同邓婕、陈小艺排演小川剧《射雕》，春晚现场直播。

2010年，魏明伦从艺六十周年，王馥荔献词，王群用篆体书写"川宝戏圣"。

2019年，内江市政府投建的魏明伦碑文馆开馆。王馥荔早年在电影《许茂和他的女儿们》中主演四姑娘，拍摄地点正是内江。王馥荔献词，王群用草体书写："九龄童新建大馆，四姑娘曾住内江。"

为赵丹爱女赵青从艺六十周年题词①

丹炉②炼出青锋③，丹青灿烂④；
舞后源于影帝，舞影翩跹。

辛卯端午题

〔注释〕

①赵丹（1915—1980）：中国著名电影演员。主演《马路天使》《十字街头》《武训传》《李时珍》《林则徐》《聂耳》《烈火中永生》。荣获中国电影世纪奖最佳男演员奖，中国电影百年百位优秀演员奖。新中国二十二大明星之首。赵青（1936—2022）：赵丹之女，著名舞蹈家、舞剧表演艺术家。曾任中国舞蹈家协会副主席，第三届全国人大代表，连任第五、六、七、八、九、十届全国政协委员。舞蹈代表作有：《宝莲灯》《小刀会》《刚果河在怒吼》《八女颂》《梁祝》《刑场上的婚礼》《剑》等。1982年、1987年两次举办个人专场舞蹈晚会。近年著有《两代丹青》《我和爹爹赵丹》等书，荣获"卓越贡献舞蹈家奖"。

②丹炉：炼丹的炉灶。此处双关语，指父亲赵丹言传身教培养女儿。

③青锋：锋利的长剑。此处双关语，指赵青才艺像青锋宝剑闪露锋芒。

④丹青灿烂：丹青本是两种可作颜料的矿物，丹指丹砂，青指青䑎，即红色和青色。丹青是中国画的雅称。此处语义双关，指赵丹、赵青父女的艺术成就像丹青一样灿烂。

〔笺疏〕

赵青与魏明伦同任全国政协委员，二十年同在一组。赵青是吴祖光、新凤霞的干女儿，魏明伦是吴祖光、新凤霞的门下高足。因此，赵青与魏明伦姐弟相称，情同手足。

2010年，魏明伦从艺六十周年，赵青亲手绘制魏明伦油画肖像，并题贺词"年纪古稀，稀有金属；艺龄花甲，甲等奇才"。2011年9月，赵青从艺六十周年活动在北京人民大会堂举办。魏明伦应邀专程赴京，献上贺联。此联在赵丹和赵青的"丹青"上做文章，一丹一青，一父一女，一影帝，一舞后，丹青灿烂，舞影翩跹。

祭陈荣贤弟[1]

浮华时代，热血青年，众人多醉，此人先悟；
颠倒乾坤，糊涂生死，昏者无恙[2]，醒者早夭！

〔注释〕

[1] 陈荣（1970—2007）：重庆江津人，清华大学经管学院博士。毕业后，任国务院下属中国观察博士团副主任。出版《就是要超过你》等著作。组织编撰《社会主义新农村白皮书》，撰写《四川遂宁十一五规划》《成都双流三个集中规划》等。37岁患癌症，英年早逝。

[2] 昏者无恙：愤慨之词，指庸人难得糊涂，随波逐流，反而无恙。意出苏轼《洗儿》诗："唯愿孩儿愚且鲁，无灾无难到公卿。"

〔笺疏〕

清华才子陈荣的记忆力惊人，过目成诵。仰慕魏明伦，能全文背诵魏明伦的《绵竹赋》。魏明伦的《廊桥赋》刚刚刻成，尚未嵌上墙壁，陈荣潜入廊桥，先睹为快。遂拜访魏明伦，全文背诵《廊桥赋》。魏十分惊讶，与陈结交。两人三观一致，忘年友谊甚深。陈荣不幸夭亡，魏明伦破例赶赴殡仪馆，告别遗体。这副挽联，痛惜才子提前跨鹤西去，引伸"昏者无恙，醒者早夭"。蕴含《离骚》"众人皆醉我独醒"之意，进而感慨天妒英才，慧多必伤。

挽美食家李树人[①]

美食家遍尝百味。往事悠悠，落魄曾咽苦果。阳谋劫，地狱油锅麻辣烫；

高龄叟惜别四川。今朝拜拜，弥留微带笑容。祭品鲜，天堂月饼脆甜香[②]。

〔注释〕

① 李树人（1927—2016）：成都人氏，早年喜爱诗词书法。1957年被错划"右派"，重惩入狱。改革开放后，致力于川菜及美食的推广。任四川省美食家协会会长。其人达观、风趣、幽默，出版《川菜纵横谈》等著作，为传承、弘扬川菜文化作出贡献。

② 天堂月饼：李树人于中秋仙逝，上天堂，尝月饼，顺理成章。

〔笺疏〕

魏明伦与李树人忘年交情甚密，二人同任四川省美食家协会会长。魏明伦戏言："李会长专办实事，魏会长专享美食。"李树人逝世正当中秋节，而魏明伦正是中秋节出生。巧合，有缘。这副挽联，以浪漫主义手法，描绘美食家辞世如同奔赴人生另一场宴会。开篇"地狱油锅麻辣烫"，结尾"天堂月饼脆甜香"。此联特点是不离美食家口吻，美食家哀悼美食家。

挽华西医院院长石应康[①]

治病救人谁救你；
望梅思水众思君[②]。

〔注释〕

① 石应康（1951—2016）：教授，博士生导师，国务院政府特殊津贴获得者。四川省学术和技术带头人、四川大学华西临床医学院院长、四川大学华西医院院长。在心脏瓣膜外科、大血管外科、冠状动脉外科等方面具有很高造诣。曾获国家卫生部、人事部"全国卫生系统先进工作者"、卫生部"有突出贡献中青年专家"等荣誉称号。

② 望梅思水众思君：化用成语"望梅止渴"。此处的"梅"，比喻石应康。

〔笺疏〕

魏明伦是石应康的挚友。2007年，魏明伦受石应康之托，撰写《华西医院赋》，镌刻于华西医院院区内。石应康是华西医院的功臣，担任院长二十年，把原来的省级医院提升到与北京协和医院并列。石应康去世前几天，曾发微信给魏明伦："明伦老前辈：我庆幸二十年为母校华西发展做了最大努力，惠及四川病患老百姓,也得到全国同行认可。发展主要靠一起梦想追求打拼的团队,绝非个人所能为之事矣。信条为:有容乃大,无欲则刚,宠辱不惊,去留无意,志存高远,追求奉献。谢谢您老的祝贺。"几天后,石应康暴卒!魏明伦赶到殡仪馆,告别遗体,献上这副挽联。上联"治病救人谁救你",引起华西医院众多医生护士共鸣,相互传诵。

赠作家出版社编缉部主任王宝生[①]

文学园丁，早生慧眼，扶掖真才实学；
作家良友，多亮绿灯，放行异类奇书。

〔注释〕

① 王宝生（1954—　）：历任中国青年出版社编辑，作家出版社发行科科长、编辑部主任。

〔笺疏〕

作家出版社是中国作家协会主管的国家级大型文学出版社，出版了大量优秀文学图书，培养了一代又一代作家。出版社的编辑在与作家和作品交流中，耳濡目染，相得益彰。编辑主任王宝生便是其中佼佼者。魏明伦也是通过出版著作与王宝生相识相知。王宝生担任魏明伦著作的责任编辑，先后出版《好女人与坏女人——魏明伦女性剧作集》《凡人与圣人——魏明伦男性剧作集》《鬼话与夜谈——魏明伦杂文集》《巴蜀鬼才——魏明伦传记》《平装本魏明伦新碑文》《线装本魏明伦新碑文》等六种魏明伦著作。

挽谢平安①

相交五十载,搭档廿二年,老友老庚②,早同我联珠合璧③;

诀别两行泪④,悼念九回肠⑤,来生来世,再与君并驾齐驱⑥。

魏明伦泪笔

〔注释〕

① 谢平安(1940—2014):中国戏曲导演。曾执导川剧、京剧、越剧、评剧、黄梅戏等30多个剧种,近100台大戏,创造了执导各类剧种数量之最。他导演的《变脸》等剧目,连续四年入选国家舞台艺术十大精品榜。荣获文华大奖五连冠;文化部第七届、第八届文华导演奖第一名;第四届中国戏剧节导演大奖第一名。

② 老庚:指农历同年出生的人。

③ 联珠合璧:比喻人才或美好的事物聚集一起。出自南北朝庾信《郊庙歌辞·昭复》:"连珠合璧重光来,天策暂转勾陈开。"

④诀别：指再无会期的离别。《后汉书·独行传·范冉》："今子远适千里，会面无期，故轻行相候，以展诀别。"

⑤九回肠：形容回环往复的忧思。《汉书·司马迁列传·报任安书》："是以肠一日而九回，居则忽忽若有所亡，出则不知所如往。"

⑥并驾齐驱：指并排套着的几匹骏马一齐奔驰，比喻彼此齐心合力。出自南北朝刘勰《文心雕龙·附会》："是以驷牡异力，而六辔如琴；并驾齐驱，而一毂统辐。"

〔笺疏〕

此联撰于2014年10月25日谢平安辞世当日。魏明伦自注"总角交"，落款"泪笔"，足见二人交谊长远深厚。20世纪50年代初，谢平安是乐山市川剧团演员，魏明伦是自贡市川剧团演员。1954年，四川省首届戏曲会演，谢平安主演《洪江渡》，魏明伦主演《张明下书》。两个小孩从此结交。

1961年，谢平安苦练武功，早晨穿着厚底靴，攀登凌云山，直奔大佛寺，练成长靠短打硬功夫。魏明伦当时已任专职编剧，写了一首七绝赠送谢平安：

暮舞晨歌千日功，穿靴踏雾上高峰。
酣眠大佛猛然醒，惊看梨园后起龙。

这首诗，连同两个少年的合影，魏明伦保存至今。

改革开放时期，魏明伦编剧，谢平安导演，合作《夕照祁山》《中国公主杜兰朵》《变脸》《好女人·坏女人》等川剧，大获成功。魏明伦告诉媒体："谢平安去世了，我心情很悲痛。他是从四川乐山走向全国的大导演。在全国几十个剧种导演将近一百个大戏，获国家级大奖不胜枚举。桃李满天下，声誉遍梨园。我这一副挽联，怀念我俩曾经携手并进，悲痛他如今先我而去。"

送任庭芳[1]

独秀双全,文丑兼武生,蓬勃登台,潇洒仙游,幸运人生永遇乐[2];

一身二任,演员成执导,辉煌变脸,文华颁奖,戏台成果满庭芳[3]。

〔注释〕

[1] 任庭芳(1942—2022):川剧表演艺术家,国家级川剧代表性传承人。曾任四川省川剧院副院长,享受国务院专家特殊津贴。先后荣获文化部第八届"文华表演奖",上海第十届白玉兰表演奖。主演的川剧《变脸》荣获2003—2004年度国家舞台艺术精品工程十大精品剧目奖。又从事川剧导演工作,独立执导的川剧《和亲记》获第四届中国戏剧节导演奖,《易胆大》获四川省第二届川剧节金奖,《夕照祁山》获第十二届中国戏剧节优秀剧目奖,《人迹秋霜》获第十一届中国人口文化奖最佳导演奖。

[2] 幸运人生永遇乐:指任庭芳一生幸运,艺术和生活中都无坎坷。《永遇乐》本为曲牌名,此处借喻快乐人生。

[3] 满庭芳:《满庭芳》本为曲牌名,与任庭芳之名巧妙结合。

〔笺疏〕

任庭芳多次表示,魏明伦是他的"贵人",盖因任庭芳主演的《变脸》,是魏明伦编剧;任庭芳导演的《夕照祁山》《易胆大》,也是魏明伦编剧。他是站在"贵人"肩上攀登成功。2022年初夏,任庭芳病卒。魏明伦赶写挽联,以曲牌《满庭芳》衔接,嵌名"任庭芳",曲名和人名自然融合。

挽程永玲[①]

清唱传清音[②],飞杜宇林中鸣布谷[③];
纸灰化纸鸢[④],随月秋天上放风筝[⑤]。

〔注释〕

[①] 程永玲(1947—2021):四川清音演唱家,中国曲艺家协会副主席、四川省文联副主席、四川省曲艺家协会名誉主席、成都市曲艺家协会主席。1995年获中国曲艺牡丹奖表演奖,2000年获文化部第八届文华新节目表演奖。演唱代表作《布谷鸟儿咕咕叫》《小放风筝》等。

[②] 清唱传清音:四川清音由女演员右手敲小鼓,左手叩檀板,自敲自唱。

[③] 飞杜宇林中鸣布谷:杜宇,传说古蜀国之王,死后化作杜鹃,即布谷鸟。程永玲演唱代表作《布谷鸟儿咕咕叫》。程永玲擅长用四川清音欢快跳跃的"哈哈腔",表现调皮可爱的布谷鸟儿在林中飞来飞去,以声造景,以情动人。

[④] 纸鸢:风筝的雅称。曹雪芹著有《南鹞北鸢考工志》。

[⑤] 随月秋天上放风筝:"月秋"即李月秋,清音演唱家,"哈哈腔"创始人,四川曲艺代表人物。民国时期,有"成都周璇"之称。1957年,荣获第6届世界青年联欢节金质奖章。

是程永玲的业师。"放风筝"嵌名程永玲演唱代表作《小放风筝》。

〔笺疏〕

2010年,程永玲曾参加魏明伦从艺60周年活动。献词"巴蜀传唱川剧,天府幸有鬼才"。2021年,程永玲逝世。魏明伦感叹:"我和她的老师李月秋有过交往,熟听这师徒两代的哈哈腔。《布谷鸟》和《放风筝》贯串了清音'哈哈腔'。"

魏明伦这副挽联,上联"杜宇",下联"月秋"都是人名。上联写程永玲生前,"清唱传清音,飞杜宇林中鸣布谷";下联写程永玲弥留,"纸灰化纸鸢,随月秋天上放风筝"。上联嵌入《布谷鸟》,嵌得自然;下联嵌入《放风筝》,嵌得准确。

悼许倩云长联①

　　倩云出岫,倦鸟知还。忆川剧流金岁月,四大女伶何在②,仅余硕果一枚,缓缓从容谢幕;

　　落日飞琼③,夕阳仍美。教学生琢玉春秋④,百株桃李正开,更喜梅花七朵,纷纷含笑登台。

〔注释〕

① 许倩云(1928—2022):女,川剧名伶。1952年获首届全国戏曲会演二等奖,曾任重庆市川剧院院长,晚年有"川剧皇后"之称。

② 四大女伶:由剧作家阳翰笙命名,世人公认的川剧四大名旦,陈书舫、竞华、杨淑英、许倩云。三人早逝,许倩云长寿,享年九十四岁。

③ 飞琼:许倩云早年艺名飞琼,典雅高贵。取自神话传说西王母之侍女许飞琼。

③ 琢玉:西汉戴圣《礼记·学记》:"玉不琢,不成器。"

〔笺疏〕

许倩云曾有一句在业界流传的名言："哪个爱川剧，我就爱他。"她教授学生，只要有人想学川剧，她就收为徒弟呵护，致使收徒关不了门，成为"无法关门"的"许百师"。魏明伦把许倩云当作老前辈尊重，两人关系极好。2010年秋，许倩云曾给魏明伦题字："为民鼓呼——祝贺魏明伦老弟从事文艺六十周年。"魏明伦这副挽联写于许倩云吊唁仪式。魏明伦以"四大女伶"对"百株桃李"，描写她川剧表演与教学两个方面的艺术成就。更以"梅花七朵"彰显其晚年辛勤执教，七个学生马文锦、喻海燕、蒋淑梅、田蔓莎、黄荣华、崔光丽、沈铁梅获得戏曲梅花奖。以"倩云出岫，倦鸟知还"对"落日飞琼，夕阳仍美"，巧妙嵌名许倩云的本名与艺名，借陶渊明《归去来兮辞》"云无心以出岫，鸟倦飞而知还"，于抒情中展示许倩云完美的人生；"缓缓从容谢幕""纷纷含笑登台"，描绘许倩云安详而去，学生后继有人。魏明伦叹惜："许倩云走后，世上再没有比她岁数更大的川剧演员了，属于她的那个时代也落幕了。"

悼杂文大家何满子[1]

胸中有鲁迅[2],评文学前途,果真似雾?
泉下会胡风,叹人生往事,并不如烟。

小杂文家

魏明伦撰

〔注释〕

① 何满子(1919—2009):原名孙承勋,学者,杂文家。1955年,曾受胡风冤案株连。平反后,出版专著《艺术形式论》《论〈儒林外史〉》《汲古说林》《中古文人风采》《中国酒文化》《中国爱情小说中的两性关系》,及杂文随笔集《五杂侃》《人间风习碎片》《图品三国》等三十余部。

② 胸中有鲁迅:何满子内心崇尚鲁迅,每年必定通读一遍《鲁迅全集》。鲁迅是他最崇拜的人物。他的作品风格也传承鲁迅遗风。20世纪80至90年代,何满子发表数百篇短小、犀利、切中时弊的杂文,是当代发扬鲁迅遗风的大杂文家之一。

〔笺疏〕

20世纪80年代涌起杂文高潮,何满子与魏明伦是其中活跃人物。忘年交情,诗文应和。何满子逝世,魏明伦即撰挽联。上款"大杂文家何满子",下款"小杂文家魏明伦"。上联评文学前途"果真似雾",下联叹人生往事"并不如烟"。有深意存焉!

悼杂文家柏杨[1]

隔两岸同倡真话[2]，交臂失之，未与巴金谋一面[3]；

评千秋共揭劣根，倾心久矣，今随鲁迅会九泉。

戊子初夏撰联

〔注释〕

① 柏杨（1920—2008）：中国台湾作家。出生于河南省，1949年初移居中国台湾。写作杂文、政论、史论、小说等。代表作《中国人史纲》《柏杨版资治通鉴》《异域》等。

② 同倡真话：20世纪70年代末至80年代初，柏杨与巴金"隔两岸同倡真话"。

③ 交臂失之：20世纪80年代末，柏杨回大陆探亲，曾想会见巴金，未能如愿。

〔笺疏〕

1995年,魏明伦带团赴中国台湾演出川剧《潘金莲》,曾与柏杨会见。魏明伦将其杂文集《巴山鬼话》赠送柏杨。柏杨妙评:魏明伦用杂文笔法写川剧《潘金莲》,用戏剧手法写杂文《巴山鬼话》。2000年,中国台湾"豫剧皇后"王海玲在台北移演魏明伦的名剧《中国公主杜兰朵》,邀请魏明伦赴台。在剧场巧遇柏杨看戏。柏杨指着台上两旁对联,激赏"外国人臆想的中国故事,中国人再创的外国传奇"。2008年初夏,柏杨逝世。魏明伦闻讯,当即撰写挽联。上联感叹"同倡真话"的柏杨和巴金"交臂失之,未谋一面";下联笔锋一转,描写柏杨对鲁迅"倾心久矣",学生终于随老师相会九泉。上联"交臂失之",对下联"倾心久矣"。交臂对倾心,失之对久矣。于对仗工整中,表现柏杨钦佩文坛良心巴金,仰慕民族脊梁鲁迅。

挽白桦[1]

忆当年风雪迷茫,白桦苦恋成单恋[2];
盼今夜星光灿烂[3],银幕哀思促反思。

[注释]

① 白桦(1930—2019):当代诗人、剧作家、小说家。著有长篇小说《妈妈呀,妈妈》《远方有个女儿国》;长诗《鹰群》《孔雀》《从秋瑾到林昭》;诗集《金沙江的怀念》《热芭人的歌》;话剧《像他那样生活》《吴王金戈越王剑》;电影文学剧本《山间铃响马帮来》《曙光》《孔雀公主》《今夜星光灿烂》《苦恋》等。2017年5月获中国电影文学学会颁发的第三届中国电影编剧终身成就奖。

② 白桦苦恋成单恋:1980年白桦创作的"伤痕文学"电影文学剧本《苦恋》引发的文艺风波。

③ 盼今夜星光灿烂:电影《今夜星光灿烂》是白桦代表作之一。此处语义双关,盼群星于夜空中璀璨,望电影艺术明天更美好。

〔笺疏〕

白桦与魏明伦1986年于上海演出魏氏川剧《潘金莲》时结交。白桦赞赏魏明伦的胆识，从此过从甚密，遂成挚友。2001年，白桦曾赴成都探望魏明伦。2002年，魏明伦戏剧创作研讨会在成都召开，白桦献贺词：

戏写得如现实般怪诞
文作得如历史般沉重

2010年，魏明伦从艺六十周年，白桦赠送书法"多才多艺，多思多情"。

2019年1月15日，白桦在上海病逝。魏明伦闻讯，当即撰写挽联。将白桦代表作《苦恋》《今夜星光灿烂》巧妙地嵌进联内。上联"当年风雪迷茫"，下联"今夜星光灿烂"，对仗自然，意境诗化。上联"苦恋成单恋"，下联"哀思促反思"，感情真挚，哲理深厚。这两行佳联，在文朋诗侣之间流传。

挽宋良曦联[①]

悼文友，悲赋友，文博专家，赋学行家，泪洒纸钱飞蝶影；

写盐史，撰灯史[②]，盐都肖子，灯城孝子，魂归井灶恋龙乡[③]。

魏明伦撰联泪笔

〔注释〕

① 宋良曦（1944—2017）：著名盐史专家，中国盐文化研究中心研究员、自贡市盐业历史博物馆研究馆员、注册高级咨询师。长期从事盐业史、灯文化史、地方史、军阀史研究和文学创作。出版个人专著《盐史论集》《南国灯城》等。《中国盐业史辞典》主编之一。创作辞赋《釜溪大桥赋》《紫薇花赋》《彩灯赋》《中国井盐赋》《燊海井赋》《盐帮菜赋》《辛亥首义赋》等，多已勒石刻碑。

② 写盐史，撰灯史：宋良曦撰写《盐史论集》《南国灯城》，主编《中国盐业史辞典》等，为自贡市文化艺术事业的繁荣发展贡献良多。

③盐都肖子，灯城孝子，魂归井灶恋龙乡：自贡市有盐之都、灯之城、龙之乡的美誉。

〔笺疏〕

魏明伦与宋良曦结交五十年，友谊深厚。魏明伦曾为宋良曦《中国灯文化史》作序，序名《华灯咏》。此文影响甚大，曾选进人教版高中语文教科书。魏明伦曾引荐宋良曦进入辞赋界，在《中华辞赋》发表多篇赋文。宋良曦去世前夕，忽然穿古装，戴高冠祭奠盐神。魏明伦预感不祥，宋良曦次日果然猝死。

题禄正周公[1]

怪才满腹诗书,平生淡泊,静默无闻甘守拙[2];
君子曾经风浪,晚景平安,清闲自得懒争强。

〔注释〕

①禄正周公:周禄正,自贡中学教师,是魏明伦的老朋友。
②守拙:清贫自守,晋陶渊明诗《归园田居》:"守拙归园田。"

〔笺疏〕

周禄正1964年认识魏明伦,读过魏明伦早期剧本《宋襄之仁》。当时预言此剧文采已近著名剧作家李明璋的水平,魏明伦必成大器。

拨乱反正后,周禄正与魏明伦过从最密,至今深交五十八年。

周禄正在全国报刊发表评论魏明伦作品的诗文几十篇。写作魏明伦传记《巴蜀鬼才》。这位"怪才"经常指点"鬼才",魏明伦称他为一字师,视他为超级知音。周禄正满腹经纶,一生淡泊。不求闻达,只求安静。现已八十高龄,居家乐享清闲。

挽张云初①

半世钦崇阿迅文②,跨白鹤追随鲁迅;
一生不改屠龙志③,到黄泉决斗祖龙④。

魏明伦2014年秋撰

〔注释〕

① 张云初(1945—2014):魏明伦第二故乡自贡市的老友。潜心研究魏明伦的作品,发表大量文章,评论魏明伦戏剧、杂文、辞赋。张云初兼写杂文、散文、博文,胆识深刻,语言犀利。

② 半世钦崇阿迅文:张云初崇拜鲁迅,其作品有鲁迅遗风。"阿迅",即鲁迅。鲁迅笔名甚多,曾署名"阿迅"。

③ 屠龙:冲杀强大的敌人。金庸有武侠小说《倚天屠龙记》;叶剑英诗"赤道弯弓能射虎,椰林匕首敢屠龙"。

④ 祖龙:秦始皇的别称。唐代诗人章碣《焚书坑》名句"竹帛烟消帝业虚,关河空锁祖龙居"。

〔笺疏〕

　　魏明伦与挚友张云初交谊深厚，三观一致。这副挽联赞颂张云初爱憎分明，生死不改。跨白鹤西游，仍追随鲁迅；到黄泉作鬼，仍决斗祖龙。挽联不悲哀，充满悲壮。

挽严西秀①

　　一枝独秀，严于律己。炼成曲艺奇才，谐剧专家，高产快枪手，早写《仙人掌》②，近作《巴山红叶》③；

　　三绝同辉④，学而借他⑤，锻为小品大王，论文高手，多面指挥者，插曲《俏花旦》⑥，尾声《似水流年》⑦。

魏明伦闻讯速成

〔注释〕

①严西秀（1942-2023）：四川著名曲艺家，国家一级编剧。代表作有大型方言剧《兄弟姐妹》、儿童音乐剧《温暖阳光》、新派川剧《巴山红叶》、谐剧《麻将人生》、曲艺情景剧《似水流年》，长篇学术论文《从清音谐剧的情况看四川曲艺的状况》等。

②《仙人掌》：严西秀早年创作的系列讽刺小品。

③《巴山红叶》：严西秀和张尚全合作的大型川剧。

④三绝：严西秀擅长谐剧、小品、曲艺剧。

⑤学而借他：借他山之石可以攻玉，语出《诗经·鹤鸣》。

⑥《俏花旦》：由严西秀作词，蓝天作曲，邯郸市鸡泽县乐泰舞蹈学校表演的舞蹈《俏花旦》，于2017年10月22日在中央电视台戏曲频道《快乐戏园》栏目播出。

⑦《似水流年》：严西秀创作的大型曲艺剧，是其收官之作。该剧为四川艺术基金2021年度大型舞台创作资助项目，于2022年7月在四川省第二届"剧美天府"优秀剧目展演季推出。此处语义双关。

〔笺疏〕

2022年12月，魏明伦在家里摔跤，胸、腰三处骨折。2023年2月10日，魏明伦重伤休养尚不足月，逢老友严西秀辞世。在身体活动受限和疼痛的折磨中仍然"闻讯速成"。此长联于当天见诸媒体，足见魏明伦与严西秀交谊深厚。"一枝独秀，严于律己"，既嵌进老友名与姓，更是对老友生平的精确评价。"曲艺奇才""小品大王"，诠释其艺术成就。上下联嵌入严西秀不同时期的代表作，更以"插曲《俏花旦》，尾声《似水流年》"双关其艺术与人生的"插曲"与"尾声"。长联寄托了魏明伦对老友的深切哀思，更流露出对人生稍纵即逝的叹惜，蕴含祸福无常，吉凶难测的哲理。

挽邵光滏①

盐都有口皆碑②，敦仁交友，草泽及时雨，民间呼保义③；

朋辈无人不赞，仗义疏财，布衣赛孟尝，黎庶小旋风④。

魏明伦敬题

〔注释〕

①邵光滏（1943—2023）：供职四川惊雷科技股份有限公司，四川省作协会员，曾任自贡市作家协会副主席，宜宾市作家协会副主席。有多篇报告文学、散文等作品在《中国作家》《四川文学》《自贡日报》等报刊发表。多篇作品收录进《魂系职工》《自贡作家作品集》《盐场巨擘王德谦纪事》等文集。长期默默资助文学爱好者，为自贡文学事业的发展做出贡献。

②盐都：指有"千年盐都"之称的四川省自贡市。

③草泽及时雨，民间呼保义：《水浒传》中的宋江兼有两个绰号：及时雨、呼保义。魏明伦转题邵光滏，则恰如其分地

加上"草泽""民间"。

④布衣赛孟尝,黎庶小旋风:比喻邵光滏如同战国时期礼贤下士的孟尝君,《水浒传》疏财仗义的小旋风柴进。

〔笺疏〕

邵光滏病逝于2023年1月27日,彼时魏明伦骨折,伤痛难忍。此挽联作于"邵光滏先生追思会"前夕。笔者收到魏明伦发来挽联的时间是凌晨五点过,落款"魏明伦敬题"。一个"敬"字表达了对邵光滏先生的崇仰,此联用近义词组对,反复吟诵身份和财富均不显赫的邵光滏。"盐都有口皆碑""朋辈无人不赞",赞其"敦仁交友""仗义疏财"。比喻如"草泽及时雨,民间呼保义"、"布衣赛孟尝,黎庶小旋风"。一位并非锦衣玉食,轻裘肥马,却有古道热肠,倾力成人之美的民间侠士邵光滏跃然纸上。

挽台湾导演李行[①]

彼岸星驰金马[②]，群骥仰头，尊称教父；
此公夕照银屏，勤牛俯首，甘作义工[③]。

〔注释〕

① 李行（1930—2021）：中国台湾电影导演、演员、制作人。祖籍江苏，生于上海，19岁到中国台湾。20世纪50年代涉足影坛，执导《街头巷尾》《养鸭人家》《婉君表妹》《小城故事》《唐山过台湾》《汪洋大海一条船》等60余部影片，其中五部获得金马奖最佳影片奖。他个人三次获得金马奖最佳导演奖、第三十二届金马奖终身成就奖。1990年带团访问大陆，为两岸电影文化交流破冰。2009年创办"两岸电影展"，为两岸电影艺术家来往交流、电影艺术合作奠定了良好基石。

② 金马：指台湾电影金马奖。金马，指金门、马祖。

③ 勤牛俯首，甘作义工：李行自白："为电影事业，愿作终身义工。"2010年，80岁的李行仍执导舞台剧《夏雪》。

〔笺疏〕

2000年，中国台湾"豫剧皇后"王海玲，在台北移植演出魏明伦名剧《中国公主杜兰朵》，诚邀魏明伦到宝岛观剧。台湾文化人柏杨、李行等观看了豫剧《杜兰朵》，一片好评。李行邀请魏明伦到金马奖办事处谈心，结成忘年交。2021年8月19日，李行在台北逝世，享年91岁。

魏明伦闻讯，次日撰写挽联。内容是报喜丧，基调随之昂扬。匠心独运，对仗工整。上联"彼岸"，下联"此公"。词语"彼此"分开，分得自然，对得精确。"星驰金马"对"夕照银屏"，"群骥仰头"对"勤牛俯首"。活用鲁迅名句"俯首甘为孺子牛"，且以"群骥仰头"衬托。同人尊称李行"教父"，李行自谦"义工"。教父与义工，身份反差，突出李行成就不凡而自谦平凡。

祝徐棻创作六十周年[①]

试笔正青春[②]，梨园罕见女才子；
挥毫到白发，菊圃蜚声老作家。

〔注释〕

[①] 徐棻（1933—　）：著名女编剧。1952年考入北大中文系，1962年调入成都市川剧院。创作川剧《王熙凤》《田姐与庄周》《死水微澜》《欲海狂潮》《都督夫人董竹君》《尘埃落定》《马前泼水》等。三次获曹禺戏剧文学奖，两次获文华大奖，三次获中国戏剧节优秀剧目奖。是高产优质的女剧作家。

[②] 试笔正青春：1962年，徐棻29岁，风华正茂，与丈夫羽军合作川剧《燕燕》《秀才外传》，初露锋芒。

〔笺疏〕

魏明伦与徐棻曾被誉为"当代川戏编剧双子星座"。两人曾是楼上楼下邻居，两家和睦相处。徐棻创作六十周年纪念典礼，魏明伦亲到现场道喜，送上这副贺联。

贺吴拙八十九岁高寿①

　　大巧若拙②，辛勤能补拙。入梨园，学川剧，红颜反串，女扮男装，演多少风流才子。看今日，耄耋仍挥余热，戏骨高龄超八八；

　　小生姓吴，天口可成吴。登菊部③，唱高腔，黑发正浓，文兼武角，扮若干威武将军。忆昔年，青春初试锐锋，科班大号是三三④。

2022年10月22日

〔注释〕

①吴拙（1933— ）：著名川剧坤生（女小生），重庆市政协委员，重庆市川剧一团团长，中国剧协重庆分会理事，中国戏剧家协会会员。曾在《柳荫记》《归舟》《三难新郎》《踏伞》《北邙山》等戏中与周慕莲、阳友鹤、陈书舫、许倩云、竞华等川剧名家合作。

②大巧若拙：《老子》"大巧若拙，大辩若讷"。

③菊部：与梨园同义。宋高宗时，后宫有菊夫人，善歌舞，通音律，称为"菊部头"。

④三三：指三三科社。1943年，四川广安人杨玉枢举办三三川剧改进社，培养川剧演员。1950年，吴拙毕业于三三科社。

〔笺疏〕

魏明伦与吴拙1951年相识，当时吴拙随三三科社到自贡演出。她唱须生，演《禹王鼎》；魏明伦唱《下游庵》的前一折独角戏《解字》。吴拙见10岁儿童演主角，很是惊喜。1957年夏天，魏明伦随自贡市川剧团到重庆海员俱乐部表演《张明下书》。吴拙当时已成大名，很红，却特别到海员俱乐部来，告诉年少的魏明伦，她已加入共青团，并送一本《共青团的修养》留存。从此，吴拙与魏明伦姐弟相称，从青年直到耄耋。

魏明伦此联撰于2022年10月22日，贺吴拙姐89岁生日。联以"大巧若拙，辛勤能补拙"，"小生姓吴，天口可成吴"嵌名"吴拙"，并以倒装拙、吴（谐音"无"）意指吴拙姐虽然艺名为"拙"，实则大巧。其"青春初试锐锋""耄耋仍挥余热""演多少风流才子""扮若干威武将军"，文武双全，演技高超，为川剧小生老戏骨。吴拙当年与另一著名川剧文生蓝光临一同出自广安三三科社，两人都是先演正生，后改小生。一在成都，一在重庆。魏明伦评价："蓝光临在成都还不算第一青年文生，前有罗玉中，晓艇；而吴拙在重庆则是第一青年文生，无人比肩。"此联构思巧妙，对仗工整。上联结尾，用年龄"八八"，巧对下联之科社"三三"，尤为鬼才笔法。

题歌唱家刘秉义[①]

童叟共歌，石油曲永传天下[②]；
中西合璧，奥涅金早亮舞台[③]。

〔注释〕

① 刘秉义（1935— ）：男中音歌唱家，国家一级演员，全国政协委员。代表作《叶甫根尼·奥涅金》《我为祖国献石油》《回延安》《牧歌》《草原之夜》等。

② 石油曲永传天下："石油曲"指歌曲《我为祖国献石油》，为刘秉义首唱成名作。从1964年开始传唱已有半个多世纪的历史。

③ 奥涅金早亮舞台：1962年，刘秉义在中央歌剧院演出的西洋经典名剧《叶甫根尼·奥涅金》中主演奥涅金。凭借美声唱法，使他崭露头角，一举成名。

〔笺疏〕

魏明伦与刘秉义同任全国政协委员，相交十年。魏明伦从艺六十周年，刘秉义书写贺词："六十年前九龄童，万卷书里七秩翁。"2021年，刘秉义从艺七十周年，魏明伦投桃报李，撰联祝贺。上联写大众皆晓，传唱久远的歌曲；下联写鲜为人知的早年作品，描绘出歌唱家刘秉义中西合璧的声乐特征。

报 喜

此巷多才，五桂联芳①囊二子②；
吾门有幸，一家鼎甲中三元③。

〔注释〕

①五桂联芳：五代时燕山窦禹钧之子窦仪、窦俨、窦侃、窦偁、窦僖，五人相继登科。宰相冯道赠诗："灵椿一株老，丹桂五枝芳。"

②囊二子：囊，包括。在魏家五个子女中，魏昭伟和魏明伦兄弟俩是男子。

③鼎甲：科举制殿试一甲三名，状元、榜眼、探花。如鼎之三足，故称鼎甲。

〔笺疏〕

魏明伦此联，以"报喜"之名，作反面文章。

四川内江市桂湖殷家巷文风颇盛。除明代大儒赵贞吉之外，还有近代书法家余燮阳、公孙长子、梅鹤年、陈布鸾等等。殷家巷底，桂湖街62号，是川剧鼓师、老编剧魏楷儒之家。魏楷儒有二子三女：魏昭俊、魏昭伟、魏昭伦（即魏明伦）、魏昭储、魏昭佑。子女皆有文学艺术基因，且声嗓、音色、乐感俱好，都长于歌唱。

　　1957年，魏昭俊、魏昭伟被错划"右派"，分别罚往营山、米易劳动。魏明伦也因"右派"言论获罪，罚到自贡郊区农村劳动三年。一轮花甲六十年后，魏明伦撰联"报喜"——一家连中三元！

父亲魏楷儒①

袍哥豪爽，爱操玩友②。俱乐部执牛耳③，小戏园成豹变④。前场司鼓⑤，内场管事⑥。粗通翰墨，编写戏文蕉帕记⑦。

名士风流，喜吼高腔。恐龙乡作蛰伏⑧，彩灯城韬吉光⑨。教子有方，育子成才。繁衍基因，栽培肖子魏明伦。

〔注释〕

①魏楷儒（1896—1964）：魏明伦的父亲，川剧鼓师、编剧。

②袍哥豪爽，爱操玩友：袍歌，即哥老会。玩友，从前座唱川剧，俗称"操玩友"。

③执牛耳：古代诸候订立盟约，要割牛耳歃血，主盟国的代表手捧盛着牛耳的盘子。后泛指在某一方面的权威为"执牛耳"。

④小戏园成豹变：指内江川剧班子的华胜戏园。豹变喻成长，成熟。语出《周易·革》："君子豹变。"

⑤前场司鼓：戏台演出时，指挥戏曲乐队的鼓师。

⑥内场管事：类似舞台监督。

⑦蕉帕记：是川剧折子戏《胡涟闹钗》的整本，早已失传。魏楷儒曾挖掘整理《蕉帕记》。

⑧恐龙乡作蛰伏：自贡市称恐龙之乡。蛰伏是动物冬眠，后指有志者隐居待动。

⑨彩灯城韬吉光：自贡称彩灯之城。韬吉光，吉光片羽，韬光养晦。

〔笺疏〕

川剧鼓师、编剧魏楷儒从前曾是内江袍哥的闲居大爷，具有江湖豪爽气概，兼有"名士风流"之文人气质。魏楷儒编剧的基因传给儿子魏明伦，终成大器。魏楷儒泉下有知，当为自己栽培的成果而自豪。

记母亲蔡文琴生卒①

分娩传奇，人逢双十，生于民国开元日②；
弥留巧合，天坠三叉，卒在林彪折戟时！

〔注释〕

① 蔡文琴（1911—1971）：魏明伦的生母。

② 人逢双十，生于民国开元日：蔡文琴1911年10月10日出生，时值辛亥革命胜利。

〔笺疏〕

魏明伦此联记生母蔡文琴生卒。诞生与弥留，都与重大事件巧合。

从前，国人生日均以农历计算。蔡文琴生于1911年农历八月十九，换算为公历，是1911年10月10日，正与辛亥革命，建立中华民国同一天。魏明伦喻为"分娩传奇"。

1971年9月13日，蔡文琴去世当天，又碰上林彪飞机坠落之时，是为"弥留巧合"。无论"传奇"与"巧合"，魏明伦此联，铭记他对生母的恒久纪念。

送养母许绍琴喜丧[1]

因果循环，乱悬福字贺颠倒；
新陈代谢，大办喜丧庆死亡。

〔注释〕

① 养母：许绍琴（1896—1988），是魏明伦父亲魏楷儒的结发妻子。

〔笺疏〕

此联为魏明伦祭奠养母而作，其养母许绍琴，实为父亲魏楷儒的结发妻子。在新旧交替的民国年间，许绍琴与魏楷儒两人因系旧式包办婚姻，又兼二人的独生子早夭，魏楷儒负气离家出走，从内江到成都、绵阳等地，遇其生母蔡文琴，恋爱、结婚，育有子女五人。后魏楷儒偕携蔡文琴及其子女返回老家内江，与许绍琴共同居住。许绍琴与蔡文琴相见，得知二人是同月同日（农历八月十九）同时辰出生，都觉得有缘，加之性情相投，遂和睦相处数十年。许绍琴待孩子如同己出，魏明伦兄妹五人尊称许绍琴为养母。在其父、生母相继去世后，五兄妹长期轮流赡养照顾养母，待如生母。1988年，养母92岁逝世，名副其实的喜丧。此时魏明伦已成大器，名扬全国。他为养母大办喜丧，并破例把父亲、养母、生母，三人合葬一墓，魏明伦敬写墓联：

三位老人灵魂安息
五个子女骨肉相连

横额：生死和睦

怀念大哥二姐[①]

潦倒寒门秀士,沉疴日[②],笔下信函,段段锦文字[③];

蒙冤小学教师,离校时,门前桃李,纷纷红领巾。

〔注释〕

[①] 大哥二姐:魏明伦大哥魏昭伟(1934—2015),内江市大名小学教师,后转内江市椑木镇民主乡小学任教。魏明伦二姐魏昭俊(1933—2013),内江市大名小学教师,后到远郊兴国乡小学任教。1978年调自贡市塘坎上小学任教,曾被评为优秀教师。

[②] 沉疴:久治不愈,生命垂危。

[③] 笔下信函,段段锦文字:大哥魏昭伟即便在病重期间写给弟、妹的信函,亦是一段一段锦绣文章。

〔笺疏〕

本联选取典型对象,用事实说话,给读者留下联想空间。魏明伦大哥魏昭伟酷爱文学,知识渊博,文笔优美。但遭遇不幸，难于创作，只在《魏明伦短文》等出版物中作序跋和短评。遗存许多给弟妹的信函，文字老辣精练，准确生动。魏明伦常叹大哥"可惜文才埋没了"。本联以"沉疴日"的"段段锦文字"，反衬出"寒门秀士"魏昭伟的非凡文才；以"离校时"的"纷纷红领巾"突出二姐魏昭俊当年在教学中的成就。

挽二姐魏昭俊[①]

一流小学教师[②]，门前桃李沐春雨[③]；
八秩高堂慈母[④]，膝下儿孙送晚霞[⑤]。

小弟明伦撰联

〔注释〕

① 魏明伦二姐魏昭俊，1957年错划"右派"，1978年平反。退休后，儿孙满堂。2013年，病逝。

② 一流：第一等。出自三国刘劭《人物志》："故一流之人能识一流之善，二流之人能识二流之美。"

③ 门前桃李：语出《资治通鉴·则天顺至皇后下 久视元年》："天下桃李，悉在公门矣。"

④ 八秩：即八十岁。

⑤ 儿孙送晚霞：指魏昭俊儿女、孙子、孙女、外孙，满门送别魏昭俊。

〔笺疏〕

　　魏明伦此联挽二姐魏昭俊，突出魏昭俊两个特点：一是桃李满天下，二是儿孙满堂。上联"桃李沭春雨"，下联"儿孙送晚霞"，内容切实，诗意盎然。

自 嘲

溢美夸张,三绝文碑戏①;
诙谐戏谑,一生鬼狐妖②。

〔注释〕

① 三绝文碑戏:人称魏明伦杂文、碑文、戏文"三绝"同辉。
② 鬼狐妖:"鬼"指"鬼才",海内外共称魏明伦为巴蜀鬼才;"狐"指"狐笔",魏明伦自称鬼狐禅,人称董狐笔。源自春秋晋国太史董狐留下的"秉笔直书"典故;"妖"即"戏妖",源自魏明伦"荒诞"川剧《潘金莲》,戏是妖戏,人是戏妖。

〔笺疏〕

鲁迅先生曾有《自嘲》七言律诗,其中"横眉冷对千夫指,俯首甘为孺子牛"流传甚广。魏明伦此《自嘲》联之"三绝文碑戏""一生鬼狐妖"亦已成为广为人知的名句,由著名硬笔书法家庞中华书丹,悬挂于魏明伦家中客厅。2018年,魏明伦老友周禄正夸赞魏明伦杂文、碑文、戏文为"三绝文碑戏",魏明伦谦称其"溢美夸张",同时自嘲"诙谐戏谑,一生鬼狐妖"。亦庄亦谐,上联概括魏明伦多方面的艺术成就,下联体现了魏明伦狂放不羁的独特风格。

蜀途雅园[①]

来往流水快车,新驿迎宾高速路[②];
谈笑文朋武友,雅园好客孟尝君。

〔注释〕

①蜀途雅园:四川省内江森大实业(集团)有限公司于1998年成立的蜀途雅园,位于成渝高速公路内江服务区。

②新驿迎宾:新开设的雅园供旅客中途进餐、休息。"驿",据说文释义为"置骑也",如龙泉驿,旧时供传递公文之人中途休息、换马的地方。

〔笺疏〕

蜀途雅园,由马识途题额,魏明伦撰联。园外现代高速路,园内古代孟尝风。园主尤再清好客,聚集文朋武友,雅俗咸集。兴办森大书画院、森大驾校、森大搏击健康中心,为文朋武友提供交流平台。魏明伦应邀为桑梓内江撰写《大洲广场赋》,就住在蜀途雅园苦吟一周而成。故尔,魏明伦称园主为孟尝君。

题百岁郑榕①

榕树万年青，龙须沟畔逛茶馆②；
老君百岁红③，雷雨声中访朴园④。

〔注释〕

① 郑榕（1924—2022）：北京人艺表演艺术家。主演《龙须沟》《雷雨》《长征》《茶馆》《智取威虎山》《武则天》等60余部剧作。在电视连续剧《西游记》里饰演太上老君，形成苍劲、浑厚的表演风格。

② 龙须沟畔逛茶馆：郑榕在《龙须沟》里饰演冯老头，在《茶馆》里饰演常四爷。

③ 老君百岁红：双关语。既指其饰演角色，也指郑榕本人。他在1986年版电视连续剧《西游记》里饰演太上老君。

④ 雷雨声中访朴园：郑榕在话剧《雷雨》里饰演周朴园。

〔笺疏〕

2002年，北京人艺建院五十周年，特邀魏明伦参加，因而结识于是之、郑榕等艺术家。2010年，魏明伦从艺六十周年，郑榕书写"苦吟成戏，苦吟成文，苦吟成碑"祝贺魏明伦。2022年魏明伦题赠此联，以"榕树万年青"喻其生命之树与艺术之树长青。用"老君百岁红"双关郑榕的影视成果和人生高寿。嵌名其代表作品《龙须沟》《茶馆》《雷雨》,在悠闲自得的"逛"与"访"中,诠释郑榕从容不迫、硕果累累的"百岁红"。

反古训，题《女性周刊》①

女子无才不是德②；
男儿有欲更加刚③。

〔注释〕

①《女性周刊》：《青岛早报》附属的杂志。

②女子无才不是德：为"女子无才便是德"的反古义。"女子无才便是德"出自明陈继儒《安得长者言》："男子有德便是才，女子无才便是德。"这是封建社会对女性的歧视，是封建统治的一种手段。以"德"为由，剥夺女性受教育的权利，将她们置于愚昧无知的境地，以此来确保男权中心主义。

③男儿有欲更加刚：男儿有正常的欲望，有大胆的追求，就更加刚强。

〔笺疏〕

2009年，《女性周刊》记者专访魏明伦后，请他替该刊题词，魏明伦遂撰此联。魏明伦的剧作《潘金莲》《四姑娘》《岁岁重阳》《中国公主杜兰朵》等，主旨皆是颂扬女性，同情女性。他是一位爱写女性的男人，是女性的红颜知己。上联反对古训"女子无才不是德"。下联"男儿有欲更加刚"，是针对《朱子语类》"存天理,灭人欲"。男子汉应有正常的食欲、性欲、情欲、物欲、审美欲、求知欲、得胜欲……有欲更加刚。

师古堂①

古风傲骨,师古不泥古②;
今世明眸,颂今亦讽今。

〔注释〕

① 师古堂:魏明伦挚友,隆昌收藏家杨徐斌的斋号。

② 泥古:成语"泥古不化",指拘泥于古人成规而不知变化。出自《宋史·刘凡传》:"儒者泥古,致详于形名度数间,而不知清浊轻重之用。"

〔笺疏〕

魏明伦此联题赠挚友,隆昌收藏家杨徐斌的斋号师古堂。不仅提醒"师古不泥古",并且大胆提倡"颂今亦讽今"!这与魏明伦"报喜更报忧"的主张相得益彰,一以贯之。

题《巴金祖上诗文汇存》

　　诗文焕彩，前辈遗珍，作序人，清道夫，民国吴虞[①]，只手单枪，打倒孔家店；

　　翰墨传家，后裔耀祖，领军者，宁馨儿[②]，现代巴金，童心赤子，弘扬李氏风。

〔注释〕

①作序人，清道夫，民国吴虞：《巴金祖上诗文汇存》收录李氏家族诗文甚丰。其中《李氏诗抄》，是吴虞作序。序是四首七言绝句。吴虞：五四运动时期曾被胡适誉为"思想界的清道夫"，"四川省只手打孔家店的老英雄"。

②宁馨儿：语出《晋书·王衍传》："何物老妪生宁馨儿。"后衍用为"好孩子"。这里借喻巴金是李氏家族中最好的孩子，领军的人物。

〔笺疏〕

　　巴金（原名李尧棠）是中国现代杰出的文学家和思想家。巴金代表作多以他的家族中的若干人物为原型。他后期的著作《随想录》《再思录》中也多有对家族人物回顾的文章。李氏家族世代书香，著述甚丰。从巴金的高伯祖、高祖父、高外祖母到他的父亲、叔叔、姑姑们都有著作，后来家族败落，时代变迁，大多失传。编者李治墨长期致力于搜集李氏家族史料。该书精选了从巴金的高伯祖父到小姑姑的九种诗文书画，即《秋门草堂诗钞》《醉墨山房仅存稿》《秋棠山馆诗钞》《晚香楼集》《意眉阁集》《霞绮楼仅存稿》《绿窗藏稿》《澹音阁诗词》《澹音阁老人画》。其形成时间在清乾隆到光绪之间，内容包括文、诗、词、诗话、词话、序跋、公牍、书画。此书不仅对研究巴金的生平和著作，而且对研究中国近现代历史，包括四川的民俗和社会文化，都有独到的价值。

再题《巴金祖上诗文汇存》

一桧何能[①]，逢君恶欲，文璧深思千古狱[②]；
群书有益，授子智商，巴金联想几人帮。

〔注释〕

① 一桧何能：语出明代文徵明之词。桧，指秦桧，是杀岳飞的主使者。区区一个秦桧能干什么，他只不过是迎合了幕后宋高宗赵构的心计而已。

② 文璧深思千古狱：文徵明，别名文璧，明代画家、书法家、文学家。他作词《满江红·拂拭残碑》，深思风波亭岳飞冤狱的内幕。

〔笺疏〕

巴金老人器重魏明伦。1987年，巴金到自贡观看魏明伦的川剧，表示大力支持后起之秀。魏明伦这副对联，描述巴金早年在曾祖父李璠的《醉墨山堂诗话》中第一次读到明代文徵明的《拂拭残碑》。岳飞庙前跪着的塑像——秦桧、张俊、万俟卨、王氏——是三男一女；"文革"四人帮王洪文、张春桥、姚文元、江青也是三男一女。1982年，巴金发表散文《思路》，斥其祸国殃民，何其相似乃尔。

题范朴真新书《商魂迷蒙》

官民下海，商贸失魂①，二十年目睹怪现状；
权贵发财，书生落魄，三千载长吁老问题。

〔注释〕

① 商贸失魂：改革开放初期，商贸制度以及配套法规尚在逐步建立过程中出现的一些乱象。

〔笺疏〕

范朴真与魏明伦是世交，他曾以"都市流浪文化人"而自豪。当过知青、教师、经理、厂长、企业副总裁、高级策划等，被称为中国最早的"漂一族"。其作品文笔简洁、空灵、优美，思维独特新颖。2004年，患骨癌住院，经济困难。魏明伦牵头组织川中名人现场挥毫泼墨，募捐3万元，交给身患重病的范朴真，解其燃眉之急。

魏明伦此联感叹"书生落魄""权贵发财"的乱象。上联化用晚清谴责小说《二十年目睹之怪现状》，下联揭示"三千载长吁老问题"。以"怪现状"对"老问题"，自然贴切，微言大义。

攻心联①

靠攻心②，则宽严俱诈，从古驭民依旧制；
拒洗脑，即德赛皆佳③，后来治国要新思。

参加电视论坛口占

〔**注释**〕

① 攻心联：《攻心联》作者为赵藩（1851—1927），近代云南著名学者、楹联家和书法家。1902年冬作《攻心联》悬挂在成都武侯祠两厢楹柱之上。联为："能攻心，则反侧自消，从古知兵非好战；不审势，即宽严皆误，后来治蜀要深思。"借古鉴今，向时任四川总督的岑春煊婉言进谏。

② 靠攻心：赵藩联的"能攻心"就是要善于打心理战，以此从精神上征服对手，不战而胜之，是战时之道。魏明伦不苟同，剖析"靠攻心"治国，是"宽严俱诈"的帝王之术。

③ 德赛：指"德先生"和"赛先生"，它是20世纪初中国新文化运动期间对民主和科学形象的称呼。源自其英文音译"Democracy"（民主）和"Science"（科学）。

〔笺疏〕

2002年魏明伦参加成都市楹联学会庆祝赵藩"攻心联"问世一百周年电视论坛,口占自作《攻心联》,反其意用之。诗人流沙河应和魏明伦的"攻心联"亦作有同名联:"能富民,则反侧自消,从古安邦须饱肚;不遵宪,即宽严皆误,后来治国要当心。"

世界上的任何人和任何事都是随环境、随时间的推移而变化、而发展、而生灭的,古今中外,概莫例外。其治国策略必须审时度势,不能因袭旧制。联中魏明伦批评古人"依旧制",力倡今人"要新思",为审时度势之异曲同工。其内涵的丰富,虽为电视论坛现场口占,亦不失工整。更贵在胆识惊人,秉笔直书。

参天阁长联①

奇联露反骨，敢有意张扬，挑战清朝文字狱；
敞地讲良心，竟无人告密，免招刑部蔓藤抄②。

2020年撰

〔注释〕
① 参天阁：自贡市西秦会馆正厅。
② 蔓藤抄：即瓜蔓抄，是封建王朝实行连坐罪罚的俗称。一人犯罪，诛灭九族。

〔笺疏〕
清乾隆时期，陕商到盐场自流井修建西秦会馆，供奉关帝。会馆正殿参天阁两旁对联，佚名所撰：

钦崇历有唐、有宋、有元、有明，心中实唯知有汉；
徽号或为侯、为王、为帝、为君，当时只不愧为臣。

魏明伦少年时经常出入西秦会馆，早就发觉参天阁楹联的上联罗列唐宋元明，"唯知有汉"却无"清"！这是赤裸裸，直端端反清兴汉。

镌刻此联之时，正值乾隆大搞文字狱之时。此联公开大逆不道，明眼人一看即知，西秦会馆相关人等罪应诛家灭族。奇怪者，此联根本就没有被自贡人看懂，更没有上报朝廷，朝廷压根儿不知这件事。

2022年，这副奇联仍然高悬西秦会馆，供世人欣赏。从来就没人看出此联有何不妥。

这真是一个谜！

最近，魏明伦独立思考，自己撰写这副新联，体现独特观点。他认为，这说明自贡人"讲良心，无人告密"！大家睁只眼，闭只眼，不举报，避免朝廷追查，株连大众。

魏明伦古为今用，赞扬"无人告密"，颇有现实意义。

佯狂经商[1]

西施弄桨,范蠡荡舟,美女功臣皆下海;
红袖当垆,青衫掌勺,佳人才子早经商。

〔注释〕
①佯狂经商:语出杜甫致李白诗:"不见李生久,佯狂实可哀。"

〔笺疏〕
20世纪90年代初,官民纷纷下海经商。剧作家魏明伦经济拮据,遂声言开办公司,并撰联引范蠡偕西施下海;司马相如、卓文君开店为先例。其实,魏明伦并未实施,只说不干。魏明伦自嘲"悲愤投海,佯狂经商",只是一次"行为艺术"而已。

题山东印社①

篆龙蛇于刀锋之下②；
印宇宙在方寸之间③。

〔注释〕

①山东印社：由山东省文联主管，是研究金石与篆刻的学术组织。于1999年5月12日在济南成立。

②篆龙蛇：形容其雕刻书法生动而有气势，如龙蛇舞动。

③印宇宙：文学夸张描写，指篆刻家在方寸之间印出宇宙。

〔笺疏〕

20世纪90年代，魏明伦参加中国文联组织的延安采风团。同行有山东省书法家协会主席邹振亚。邹老即兴挥毫，赠送魏明伦大幅篆书"与天共存"。1999年，邹振亚出任山东印社社长，请魏明伦题词。魏明伦这副对联，气魄恢宏，以小见大。上联描绘"刀锋"篆龙蛇，下联咏叹"方寸"印宇宙。尤其是下联，"方寸"是心的雅称。用在这里是双关语，既是印章，又是心脏。含义隽永，耐人寻味。

题魏氏宗祠

一姓长繁不简[①]；
孤山有魏成巍[②]。

〔注释〕

① 一姓长繁不简："魏"姓一直是繁体字，没有简化。
② 孤山有魏成巍：一个山字，加一个魏字组成巍字。

〔笺疏〕

魏明伦此联题魏氏宗祠，以谜面出对，谜底应对。其字面意义简单明了，作为魏氏宗祠的联意却妙趣横生。"繁"含繁茂之意，"不简"与"不简单"相连；"巍"即巍然挺立之意。"孤山有魏成巍"运用合字法合零为整，用"和合"之意，与上联组成妙联。蕴含宗祠繁茂和合，延绵不绝。

海　燕

麦浪无鱼，绿柳垂丝空作钓[①]；
海峰有燕，乌云布阵枉张罗[②]。

1984年夏天即兴速成

〔注释〕

① 麦浪无鱼，绿柳垂丝空作钓：这是一副古联的上联。写初夏田园风光，微风吹拂，麦浪轻掀，田埂边绿柳长长的垂丝撒播到麦浪中，像是在垂钓，只惜田间浪里无鱼。此联于写景中寓意深刻，历代缺乏被公认的偶对。

② 海峰有燕，乌云布阵枉张罗：此句取苏联作家高尔基的著名散文诗《海燕之歌》的意境：在暴风雨来临之前，海燕在波涛翻腾的大海上勇敢欢乐地飞翔，它知道那些布阵的乌云，终究遮不住太阳！

〔笺疏〕

1984年夏天，全国优秀剧本颁奖仪式在福建举行，被誉为"巴蜀鬼才"的剧作家魏明伦，因作品获奖出席了大会。颁奖结束后，与会者前往泉州参观。中国青年艺术剧院副院长、剧作家李之华触景生情，即兴借用一条古联向魏明伦讨对："麦浪无鱼，绿柳垂丝空作钓。"魏明伦沉思片刻即答："马蹄有香，黄蜂展翅枉追花。"其意化用唐诗"拂石坐来衫袖冷，踏花归去马蹄香"。魏明伦说："我还有另一种对法：海峰有燕，乌云布阵枉张罗。"当即博得大家的喝彩声。"麦浪无鱼，绿柳垂丝空作钓"为历代传单无佳偶，魏明伦瞬间以"海峰有燕，乌云布阵枉张罗"应对，嵌名《海燕》，并准确地诠释高尔基《海燕》之意。句法上拟人相对，寓意深刻，音韵和谐，与上联可谓珠联璧合，但下联意境超越上联。

泸州老窖即兴撰联

祭酒美称[①],国窖风追国子监;
藏珍盛典[②],唐装魂系唐人街。

2010年3月17日即兴撰联

〔注释〕

① 祭酒：汉魏以后官名。汉代有博士祭酒，西晋设国子祭酒，隋唐后改称国子监祭酒，是国子监的主管官。

② 藏珍盛典：自2008年起，每年农历二月初二，泸州老窖在泸州凤凰山麓的国窖1573广场举办封藏大典。封藏大典有三个主要环节：虔心以敬，告慰先人，感恩天地的"祭祀仪式"；循"尊师重道"之传统，将中国白酒"拜师学艺"的传承方式尊以礼制的"拜师仪式"；坚守农耕传统，自然酿造，将当年新酿原酒入洞封藏的"春酿封藏仪式"。

〔笺疏〕

泸州老窖在行业中首创的封藏大典，将传统酒礼酒俗中的祭祀先贤、拜师传承、封藏春酒等礼制进行集中还原、整合并创新发扬，已发展成为一场具有广泛影响力的酒文化盛典。

魏明伦与香港凤凰卫视主持人杨锦麟于2010年3月17日参加泸州老窖封藏大典时即兴撰联。以"国窖风追国子监"状其声势浩大与庄严肃穆，以"唐装魂系唐人街"比拟其文化传承与影响力。上联"国窖风"与"国子监"，下联"唐装魂"与"唐人街"，以复字法展开丰富的联想。联对工整，声韵铿锵。奥运会徽"中国印"设计师张武当时也在泸州老窖盛典现场，以四尺宣纸书写魏明伦这副佳联。杨锦麟也把此联书写在纸扇上保存。

敬赠辽宁省糖尿病治疗中心

古时司马,奈何卧病长安[①],无情消渴夭才子[②];

现代华佗,假定悬壶西汉[③],短命相如成寿星。

辛巳年题于盛京

〔注释〕

①卧病长安:长安为西汉的都城。司马相如患消渴症(糖尿病),英年早逝。

②消渴:即消渴症,古时临床症状为三多一少:多饮、多尿、多食,身体消瘦。现称糖尿病。

③悬壶:指行医、卖药。出自《后汉书·方术传下·费长房》:"市中有老翁卖药,悬一壶于肆头。"后代医家行医开业,多以"悬壶之喜"为贺,或于诊室悬葫芦为医之标志。

〔笺疏〕

2000年,魏明伦与辽宁省糖尿病治疗中心院长冯世良结交于全国政协委员视察团。冯世良获悉魏明伦患糖尿病,遂邀魏明伦到沈阳糖尿病治疗中心免费住院一月。魏明伦发表文章《御医的孝子贤孙》,此文获奖,收进《文汇笔会文粹》。又撰写对联,镌刻于治疗中心两廊。用浪漫主义手法,让"现代华佗"飞跨时空与"古时司马""悬壶"疗疾。想象西汉时代的司马相如享受现代医疗"成寿星"。此联奇特,恍若穿越剧。

历史文化名城绵竹牌坊联

车如流水,从此路直通绵竹。名城鼎鼎,古迹斑斑。诸葛双忠烈①,南轩三圣贤②。仰紫岩翠柏③,展朱笔粉笺④,访友请观绵竹画;

客似飞鸿,由他乡奔赴剑南。福地悠悠,武都浩浩⑤。汉唐几文豪⑥,戊戌一君子⑦。忆赤壁洞箫⑧,慕东坡蜜酒⑨,迎宾共饮剑南春。

庚寅春末撰联

〔注释〕

①诸葛双忠烈:三国诸葛亮之子诸葛瞻与其子诸葛尚战死绵竹关,绵竹建有双忠祠纪念。

②南轩三圣贤:绵竹人张栻,世称南轩先生,南宋大理学家,与朱熹齐名,有理学亚圣之称;其父张浚,南宋贤相,抗金名将,与岳飞齐名;其祖张咸,北宋重臣,以贤良著称,辞世后追赠雍国公。绵竹张氏一门祖孙三大杰出人物,是绵竹之殊荣。

③仰紫岩翠柏:紫岩,张浚别号。紫岩山,在绵竹市汉旺

镇境内。

④展朱笔粉笺：朱笔，是绵竹年画特技"朱丹"的代称。粉笺，绵竹年画的专用纸。

⑤福地悠悠，武都浩浩：绵竹山是《洞天福地记》等古籍所写的天下七十二福地之一。绵竹武都山，是东汉易学大师严君平出生居住地，有东晋书圣王羲之"武都山"墨迹。

⑥汉唐几文豪：西汉扬雄曾作《绵竹颂》；初唐王勃曾作《净惠寺碑铭》；李白曾作《庄君平》；杜甫曾作《从韦二明府乞绵竹》。以上几位文豪皆驻足绵竹，留有咏叹绵竹的诗文。

⑦戊戌一君子：绵竹人杨锐，是"戊戌六君子"之一。

⑧忆赤壁洞箫：绵竹人杨世昌，武都山道士。苏轼名篇《赤壁赋》中吹洞箫之客。

⑨慕东坡蜜酒：杨世昌曾向苏东坡交流酿制蜜酒之法，苏东坡作《蜜酒歌》并叙"西蜀道士杨世昌，善作蜜酒，绝醇酽。余既得其方，作此歌遗之"以赠。

〔笺疏〕

绵竹市位于四川盆地西北部，为中国资源成熟型城市、中国休闲农业与乡村旅游示范县、年画之乡、名酒之乡、生态旅游之乡、四川省历史文化名城。1999年8月，魏明伦应绵竹市政府特邀撰写成一千余字《绵竹赋》，镌刻于绵竹市政府对面，流传影响较大。2010年（庚寅），绵竹建成高速公路，再次邀请魏明伦为公路入口牌坊撰联。此联的难处在于不能重复《绵竹赋》故伎，必须另辟蹊径，从公路口的角度写绵竹，以访友和迎宾点题："车如流水""客似飞鸿"，"绵竹画"可意为"绵竹之画图"，"剑南春"可意为"剑南之春景"。工整的楹联镌刻于绵竹市高速公路入口牌坊，亦为游客打卡之景观。

题诗婢家①

北京荣宝，上海朵云，锦城诗婢；
裱褙状元②，装潢榜眼，水印探花。

〔注释〕

①诗婢家："诗婢家"是驰名中外的成都文化老字号，由东汉大儒郑玄的后人郑次清于1920年创办。"诗婢家"其名，源于《世说新语》中东汉大儒郑玄家婢女皆精通诗书之典故。

②裱褙：指用纸或丝织品做衬托，来装潢字画书籍，或加以修补，使之美观耐久。凡裱褙必两层，书画等正面向外者，谓之裱；以无染素纸衬托其背者，称为褙。

〔笺疏〕

东汉大儒郑玄，家中婢女皆通诗文。一婢女惹怒郑玄，被罚站泥中。另一婢女用《诗经》语言问道"胡为乎泥中"，被罚婢女也用《诗经》语言回答"薄言往诉，逢彼之怒"。因此称为"诗婢"。现代成都市中心裱褙店横额"诗婢家"，是近代四川荣县翰林赵熙书写。

"诗婢家"与"荣宝斋""朵云轩""杨柳青"并称为四大文化老字号。本联为魏明伦应邀而作，将"北京荣宝，上海朵云，锦城诗婢"并列，突出"诗婢家"在巴蜀文化与全国文化交融发展中的重大作用。更妙的是称荣宝斋为"裱褙状元"，称朵云轩为"装潢榜眼"，称诗婢家为"水印探花"。融合为一，鼎足而三。

谭府楹联之一

此姓梨园称泰斗[①]；
谁人菜市喻昆仑[②]。

〔注释〕

① 此姓梨园称泰斗：谭姓在京剧界有泰斗之称。其"泰斗"指京剧谭派的创立者，有伶界大王之赞的谭鑫培（1847—1917）。

② 谁人菜市喻昆仑：谭嗣同等"六君子"在北京菜市口就义。谭嗣同狱中题壁："我自横刀向天笑，去留肝胆两昆仑。"

〔笺疏〕

魏明伦此联，是应约为成都"谭府菜"撰写。谭府菜，又名谭家菜，是北京谭瑑青以翰林家宴名义置办的美食佳肴。

2002年，谭府菜的连锁店在成都开业。邀请魏明伦、车辐、徐康、冉云飞、张昌余、廖全京等文友撰联。魏明伦此联镌刻于大堂两侧。

谭府楹联之二

六君子维新魁首,清明应献本家菜[①];
三鼎甲唱戏状元[②],除夕犹传谭派腔[③]。

〔注释〕

① 清明应献本家菜:清明节的时候用谭家菜祭奠维新魁首谭嗣同。

② 三鼎甲唱戏状元:指京剧后三鼎甲之首谭鑫培。谭鑫培博采众长化为己有,终成一家,与汪桂芬、孙菊仙被誉为"新三鼎甲",并成为京剧史上第一个老生流派——谭派创始人。

② 除夕犹传谭派腔:魏明伦撰此联时,正逢央视除夕联欢晚会播映谭派传人谭元寿演出的节目。

〔笺疏〕

魏明伦此联,以谭嗣同、谭鑫培二人为谭姓杰出代表,高度赞扬。镌刻于"谭府菜"西门两侧。

墓园短联一

乖犬乖猫,贯通人性;
宠儿宠女,唤起爱心。

〔笺疏〕

魏明伦喜欢宠物,家养猫狗兼备,并且为其"养老送终"。在挚友小别墅的后园里,为宠物建墓刻碑,墓前修小路,路旁栽花草,碑上镌刻宠物的生卒年,嵌进宠物的陶瓷照片,落款是"魏明伦泪笔"。

墓园短联二

人类有情的朋友；
世间无语之生灵。

〔笺疏〕

宠物猫狗能够略知主人语言、感知情绪，还能做出期待、感动或意料之外的回应，所以它们是"人类有情的朋友"；它们又是"世间无语之生灵"，并不能像人类一样开口说话。魏明伦疼爱宠物如命，他养的猫狗都长寿。猫犬泉下有灵，也会涕泪纵横！

墓园中心联

灵猫九命①,长寿星,独行侠,探无人区域,可见猫萍踪浪迹②;

忠犬八公③,岁寒友,赤子心,笑有势簪缨④,不如犬韧性痴情。

魏明伦撰　巫德书

〔**注释**〕

①灵猫九命:俗语,猫有九条命。

②探无人区域,可见猫萍踪浪迹:2021年5月,有网友自驾前往罗布泊无人区,曾发现一只流浪猫。

③忠犬八公:日本一条秋田犬,对主人极度忠诚。主人下班,八公按时在车站等候。主人逝世后,八公仍然在原地等候,风雨不改,长达九年。后人将八公等候主人塑成铜像,拍成电影,流传至今。

④簪缨:古代官宦的冠饰,后代指达官贵人。

〔笺疏〕

魏明伦曾向媒体讲述：法国电影明星阿兰·德隆，晚年在豪宅外厚葬四十几条与他相依为命的爱犬。墓园特大，还有一座专门为爱犬祈祷的小教堂。魏明伦认为阿兰·德隆这个举措可取。遂仿效之，为自己的乖犬乖猫垒墓立碑。

尖山楹联[1]

尖字小含大[2],山不高而优雅,湖不阔而澄清。远望浮华世界,风卷赤潮[3],雾催酸雨[4],还剩下几方净土?

龙形卧欲飞,竹有灵则婆娑,水有情则荡漾。漫游平静溪流,人增瑞气,天造氧吧,幸保存十里桃源[5]。

〔注释〕

① 尖山:指自贡尖山自然风景区。位于四川省自贡市自流井区荣边镇,景区占地总面积5平方公里,其中森林面积6000亩,形成于1955年,风景区内有东西两湖,是省级自然风景保护区和国家AA级旅游风景区。

② 尖字小含大:"小""大"合成尖字。

③ 赤潮:又称红潮,是海藻和浮游生物暴发性繁殖而引起水质恶化,破坏海洋环境,威胁人类健康。

④ 酸雨:由工厂和车辆排出大量二氧化硫及氧化物,经由风力进入大气层,以雨、雹方式降下,便成酸雨。污染环境,破坏生态平衡,危害人类。

⑤十里桃源：既指理想中的"世外桃源"，亦指现实中自贡尖山的十里桃源。20世纪90年代末，尖山风景区管理所根据尖山的土壤、气候等特点，大规模种植桃树60余亩。自2000年开始，每年举办自贡市自流井尖山桃花会，至2021年，自贡尖山已举办21届桃花节。桃林茂盛，桃源造福。

〔笺疏〕

晋代陶潜在《桃花源记》中描述了一个与世隔绝、不遭灾祸的安乐地方。魏明伦此联描绘自贡尖山自然风景区因不受现代工业污染而形成世外桃源。游人欣赏山的优雅，湖的澄清，竹的婆娑，人增瑞气，天造氧吧。对比赤潮、酸雨等现代工业污染，体现出作者的忧患意识。

自流井老街[1]

遗址复苏，老街重建，忆当年红火，吟历代白盐，游客喜新亦恋旧[2]；

名城崛起，深井自流，拾昨日黄花，绘未来彩景，今人怀古更超前。

乙酉年十月撰联

〔注释〕

① 自流井老街：位于国家历史文化名城自贡市旧城中心从路边井到火井沱的一条街，全长1.5公里。它是旧时运输井盐的古盐道，也是举世闻名的"自流井"遗址所在地。重建后于2020年入选"巴蜀文化旅游走廊新地标"。

② 游客喜新亦恋旧：巧改成语"喜新厌旧"。指游客既喜欢都市的繁华，亦喜欢历史文化遗址蕴含的古朴。

〔笺疏〕

自贡市是魏明伦的第二故乡，他在此地工作、生活了半个世纪，见证了自流井老街的变迁。当"遗址复苏，老街重建"，魏明伦应邀撰联，镌刻于老街牌坊两侧，自成一景。

此联结尾两句："*游客喜新亦恋旧*""*今人怀古更超前*"，剖析了古今新旧的辩证关系。

东方广场风情长联①

昔年深巷，今日广场，灯杆仍亮②，电视争辉。看蓝领白领，摆摊抢滩。靓妹大方购物，老翁小气买单。吹股市牛经，评图腾狼性③，聚东方人气，奔西部鹏程。千种时装，百家土产，四方广告，八面客流，来这里自由贸易。

现代新潮，当初古井，号子回音，手机交响。集歌迷影迷，茶瘾酒瘾。款爷忙里偷暇，民工苦中寻乐。仿名模猫步，敲网友鼠标，听超女莺声，观球星虎跃。三圈麻将，一顿夜宵，两句牢骚，几番笑话，到此街愉快休闲。

丙戌盛夏应邀即兴撰

〔注释〕

① 东方广场：21世纪初期建成于自贡市自流井区腹心地带的仿古商业步行街，占地85亩，建筑面积9万平方米，是集购物、观光、餐饮、娱乐为一体的商业休闲场所。

② 灯杆仍亮：指新修广场在原灯杆坝路口广场耸立了一根

高达16.8米的标志性灯杆。"仍"表示对盐都文化的传承。"灯杆坝"从前有盐商宅邸，街边铺面热闹非凡，向晚灯火辉煌。

③ 图腾狼性：2004年，作家姜戎出版长篇小说《狼图腾》。纵横今古，远涉蒙古族狼图腾文化，在读者中影响很大。

〔笺疏〕

自贡市东方广场是21世纪初期建成于自贡市自流井区腹心地带的仿古商业步行街。由大东方牌坊广场、大戏台休闲中心广场、灯杆坝广场三个广场组成。魏明伦此联的上联"来这里自由贸易"，下联"到此街愉快休闲"。既可见"蓝领白领，摆摊抢滩"的日常竞争，又可见"款爷忙里偷暇，民工苦中寻乐"片刻闲适。描绘"仿名模猫步，敲网友鼠标"，"吹股市牛经，评图腾狼性"，"听超女莺声，观球星虎跃"等现代市井生活场景，展示21世纪初期自贡民俗风情图卷。此联由著名画家、书法家刘克刚书丹，刊刻于广场正门中央大东方牌坊廊柱上。

为四川电力建设三公司成立四十周年撰联

本营白马镇①，初捷黄桷庄②，转战何方？八千里路云和月；

远赴黑非洲，建功赤道侧，流年几岁？四十春秋电与光。

〔注释〕

① 本营白马镇：四川电力建设三公司办公地址位于内江市郊白马镇。

② 初捷黄桷庄：指四川电力建设三公司1987年开工承建，1994年建成投入使用的国家"八五"重点工程——宜宾黄桷庄电厂。

〔笺疏〕

白马镇位于魏明伦桑梓内江市郊。2005年初夏，魏明伦出于恋乡情结，应邀为四川电力建设三公司成立四十周年撰联。妙用色彩，白与黑、黄与赤，增添艺术效果。巧设疑问句，突出"八千里路云和月"的地球村转战，赞扬"远赴黑非洲，建功赤道侧"的辉煌成果。上联"八千里路云和月"，自设难题,下联如何应对?作者驾驭自如,以"四十春秋电与光"对之,自然贴切,天衣无缝。

川剧舞台《变脸》①

万年台两亩地②，纵横今古；
七彩脸几层谜③，变幻人生。

〔**注释**〕

①川剧舞台《变脸》：这里指的不是变脸技巧，而是魏氏创作的剧本《变脸》。

②万年台两亩地："万年台"指古戏台、神庙戏台、会馆戏台、宅院戏台，都坚固耐久，但空间狭小。故称为万年台，两亩地。

③七彩脸几层谜："七彩脸"指川剧变脸绝活，遐迩皆知。变脸起源于清末民初三庆会泰斗康芷林表演义侠贝戎（贝字加戎，合为贼字）躲避官府捉拿，易容变脸脱险。当时工艺简陋，厚纸蒙脸而巧妙层层撕去。20世纪50年代中期赴京献演《白蛇传》，才改贝戎为铙钹，改撕脸为扯脸。如今变脸技巧，是何人首先发明，回答多是含糊其辞，或曰"众人集体创造"。据魏明伦考证，是原成都市川剧团老艺人孙德才在1955年后，一举发明新的变脸技巧。以后逐步改善，流传至今。

〔笺疏〕

魏明伦此联的"几层谜",不仅是变脸技巧之谜,更引申到人生之谜。世人多在"变脸",如鲁迅诗"一阔脸就变,所砍头渐多";古谚"春似孩儿脸,一日三变天""龙王爷翻脸就变天""翻脸不认人"……魏明伦探索人生变脸,写出经典川剧《变脸》,其中一场高潮戏选进人民教育出版社所出中学语文教科书。多达六千字,在教科书内占了十二页,发行千万册,戏剧史上罕见。魏明伦视为他一生创作的最高成就,引以自豪。

即兴为第三十一届世界戏剧节撰联①

戏剧舞台,往来一亩三分地;
友谊深海,融纳百川五大洲。

〔注释〕

① 第三十一届世界戏剧节:"世界戏剧节"也称"国际戏剧节",为1957年国际剧协与法国政府在巴黎发起并创建,因其参与者众,水平高,素有"戏剧艺术的奥林匹克"之称。2008年10月,第三十一届世界戏剧节由中国文化部、中国文联、江苏省人民政府主办,在南京举行。来自五大洲16个国家和地区的26台参演剧目、10台展演剧目以及1台祝贺演出节目齐聚南京。戏剧节的主题是"世界戏剧的传统与新姿",充分诠释了"同一个地球、同一个舞台"的理念。

〔笺疏〕

2008年10月在南京举行第三十一届世界戏剧节,中国剧协副主席魏明伦应邀参加。在为期10天的戏剧节中,魏明伦接受各种各样的媒体采访,在网络上引起极大关注。

魏明伦在第三十一届世界戏剧节期间,喜逢美国夏威夷大学教授魏莉莎。此前十几年,魏莉莎曾翻译魏明伦剧本《巴山秀才》《潘金莲》,并在美国夏威夷大学学报上刊登。魏莉莎中文流利,这次与魏明伦长谈,增进友谊。小小"一亩三分地",超越时空,"融纳百川五大洲"。

陕西《当代戏剧》[1]

微观剧种兴衰，西安粉墨忆狮吼[2]；
宏论王朝更替，岐岭金戈催凤鸣[3]。

〔注释〕

[1]《当代戏剧》：由陕西省戏剧家协会主办的《当代戏剧》杂志，作为西北五省（区）唯一公开发行的戏剧、电视双月刊，立足陕西，面向西北，放眼全国，发行海内外。1996年以来，一直被评为"全国戏剧艺术类核心期刊"。

[2] 西安粉墨忆狮吼：指西安戏剧舞台上的"秦腔不唱吼起来"。源于陕西省宝鸡市岐山县与凤翔区的秦腔是中国汉族最古老的戏剧之一。秦腔宽音大嗓，直起直落，素有浑厚深沉、悲壮高昂、慷慨激越的风格，高昂时如雷鸣，如狮吼。

[3] 岐岭金戈催凤鸣：此处引入"凤鸣岐山"典故，指的是周朝将兴盛之前，岐山有凤凰栖息鸣叫。人们认为凤凰是周文王的德政招来，是周朝兴盛的吉兆。"岐岭"指周朝发源地岐山，位于陕西省宝鸡市岐山县。"凤"，祥鸟，古人认为天下有德凤乃现。

〔笺疏〕

2020年，作家贾平凹请魏明伦到西安做客，陕西《当代戏剧》接待。魏明伦酬答此联。他感汉地方戏曲衰落，不禁回忆"狮吼"，即民国时代西安文人樊粹庭创办狮吼剧团，盛极一时。樊粹庭系写戏高手，类似四川老剧作家黄吉安。

题巴国布衣

治大国如烹小鲜①,弄锅盆碗盏,敢称巴国②;
过一生应尝百味,集麻辣酸甜,共煮人生。

〔注释〕

① 治大国如烹小鲜:治理大国就像烹调鲜美的小菜一样。语出《道德经》第六十章。

② 巴国:周朝时期蜀川有"巴国"之称。其疆域包括四川盆地东部、湖北恩施等地区。

〔笺疏〕

巴国布衣是中国餐饮百强企业之一,创办人何农,是魏明伦的挚友。魏明伦曾撰现代骈文《饭店铭·为巴国布衣题壁》。此文轰动一时,全国报刊争相登载。当时入选复旦大学中文系考题,与王夫之《读通鉴论》并列,供硕士生分析解读。

魏明伦这副对联,借《道德经》,融入1983年电影《锅盆碗盏交响曲》趣味,引鉴"青梅煮酒"之"煮"字,再创"共煮人生"。以菜品麻辣酸甜,引申为人生百味。

东坡菜[①]

古人渊博,文才与厨才并举,赤壁奇文[②],老饕妙文[③],同出于眉山翰墨;

现代诙谐,食欲和情欲皆强,东坡肘子,成都粉子[④],共融入锦水风流。

〔注释〕

① 东坡菜:指苏轼创造发明的一些美食,后人以"东坡"命名,如东坡肉、东坡肘子、东坡鱼、东坡豆腐等等。

② 赤壁奇文:苏东坡名篇《赤壁赋》。

③ 老饕妙文:苏轼曾以"老饕"自居,所作《老饕赋》:"盖聚物之夭美,以养吾之老饕。""老饕"与中国传说中的一种凶恶贪食的野兽饕餮相关。自苏轼以"老饕"自居之后,"老饕"遂成追逐饮食而又不失其雅的文士的代称。

④ 成都粉子:旧时成都戏称皮肤洁白、容颜娇媚的风尘女子为"粉子"。

〔笺疏〕

魏明伦此联是谐联,运用复字法溯源东坡菜创始人"文才与厨才并举"。他既能写出文赋中之杰作"赤壁奇文",又写了以"老饕"自居的"老饕妙文"。此谐联古今对比,以"东坡肘子,成都粉子"勾勒"共融入锦水风流"的饮食文化市井图。"文才与厨才并举"和"食欲和情欲皆强",雅俗共赏,镌刻在川菜名店"巴国布衣"门前牌坊两侧。

美食家

宏观一统版图,问如何标志小康国;
检验亿民餐桌,有多少头衔美食家?

〔笺疏〕

1979年,中央号召全国努力建成"小康社会"。魏明伦曾任四川美食家协会会长,这副对联题赠美食家协会。魏明伦理解"小康社会",是"小康之国"。上联提问:"如何标志小康国?"下联回应:"检验亿民餐桌,有多少头衔美食家?"如果多数人民都是美食家,一定已建成"小康国"了。

咏三百砚斋[①]

见宝忘形,偎匣吻玉[②];
恋卿入梦[③],窃玉偷香!

〔注释〕

①三百砚斋:位于安徽省黄山市屯溪老街的"三百砚斋",出售安徽歙州所产歙砚。融诗、书、画、印于一体,集实用、雅玩、收藏于一炉。"三百砚斋"之名,是画家吴作人所题。

②偎匣吻玉:歙砚有匣,精雕细刻如玉。

③恋卿入梦:自古文人多好砚,北宋文豪苏东坡曾因得一方好砚"抱眠三日"。

〔笺疏〕

2015年10月,魏明伦参加中国文联采风团到黄山等地旅游,参观三百砚斋。获得歙砚一方,爱不释手。此联的妙处是拟人化。作者把宝砚视为情人,忘形热吻,卿卿我我,我为卿狂。

祭表姐夫赵世民①

夏初丧偶，冬季殉情，夫妻生死相随，她在天堂等你；

冬至还魂，春来化鸟②，蝴蝶翩跹对舞，我于花海觅君③！

〔注释〕

① 赵世民（1934—2007）：魏明伦的表姐夫，四川省自贡市东方锅炉厂高级会计师。罗萍（1931—2007）：魏明伦的表姐，四川省自贡市东方锅炉厂高级会计师。

② 春来化鸟：春天的时候变成鸟。此处代用《孔雀东南飞》中焦仲卿和刘兰芝夫妻殉情化鸟的典故。

③ 花海：花的海洋。双关语，自贡市确有风景名胜"花海"。

〔笺疏〕

魏明伦此联祭表姐夫，更写其夫妻二人深挚的爱。上联实写表姐逝世后半年，表姐夫"殉情"，妙在化用作家裘山山小说《我在天堂等你》；下联虚写，比拟《孔雀东南飞》《梁山伯与祝英台》等爱情传说化鸟化蝶。末句从作者的角度寻找表姐夫，"我于花海觅君"，别开生面之凤尾。

题熊猫谷　新修庙宇[1]

古貔貅[2],今熊猫,憨态可掬,粉面黑睛分皂白;

老寺院,新庙堂,雍容甚贵,红尘翠谷变苍黄[3]。

〔注释〕

① 熊猫谷：指2012年投入使用的成都大熊猫繁育研究基地都江堰繁育野放研究中心。

② 貔貅：中国古书记载和民间神话传说中一种勇猛的瑞兽，也是古书中对熊猫的称谓之一：如《书经》称"貔"，《峨眉山志》称"貔貅"等。

③ 苍黄：语出《墨子·所染》："染于苍则苍，染于黄则黄。"后世以"苍黄"喻事物变迁。如毛泽东七律"钟山风雨起苍黄"。

〔笺疏〕

魏明伦此联是应文友谭楷之邀，为都江堰熊猫谷新修庙宇撰联。用"中国国宝"大熊猫"古貔貅，今熊猫"的古今称谓变化，与"老寺院，新庙堂"的新旧建筑对比，同义词组对，上联写熊猫"憨态可掬"，下联写庙堂"雍容甚贵"。作者善于运用色彩，短短两行，点染粉、黑、皂、白、纤、翠、苍、黄。五光十色，楹联生辉。

赠军医何天佐中将[①]

大院殊荣,大夫业绩[②],晋升人大[③];
中医奇迹,中将军衔,授予郎中[④]。

2007年10月撰

〔注释〕

[①] 何天佐(1941—2018):蒙医世家,四川何氏骨科第五代嫡系传人。创建八一骨科医院、海南骨科医院。历任八一骨科医院院长、终身成就名誉院长,中国人民解放军首批文职将军,中将军衔。撰写100余万字的《何氏骨科学》。

[②] 大夫。宋代以后,医官亦称大夫,延续至今,尊称医生为大夫。

[③] 晋升人大:何天佐曾任四川省人大常委委员。

[④] 郎中:古代郎中是中等官员。六部尚书、侍郎以下设郎中职位。宋代之后,医官亦称郎中。北方称医官为大夫,南方称医官为郎中。

〔笺疏〕

魏明伦与何天佐同庚。2007年，魏明伦右脚摔伤，入住八一骨科医院。经何天佐精心治愈，同庚遂成好友。何天佐敏于行，讷于言。性格内向，语言短少，医术精湛，医德高尚。魏明伦有感撰联，上联"大院""大夫""人大"，对应下联"中医""中将""郎中"。构思巧妙，对仗工整，平仄协调，措辞准确。并非应酬之作，而是苦吟成联。

挽表姐夫川剧作曲家何绍成①

蜀籁谱骄杨,箭杆河边腾急浪②;
高腔吟卧虎③,金沙江畔映丹心④。

〔注释〕

① 何绍成(1929—2008):魏明伦的表姐夫。四川省川剧院作曲家。代表作有川剧《诗酒长安》《蝶恋花》《箭杆河边》《卧虎令》《金沙江畔》《急浪丹心》等。

② 箭杆河边腾急浪:嵌名何绍成作曲的川剧《箭杆河边》和《急浪丹心》。

③ 高腔吟卧虎:指何绍成作曲的川剧高腔戏《卧虎令》。

④ 金沙江畔映丹心:嵌名何绍成作曲的川剧《金沙江畔》和《急浪丹心》。

〔笺疏〕

2008年,何绍成逝世当天,魏明伦急撰这副挽联,表达对亲戚的怀念。短短4句嵌进了表姐夫何绍成的6个主要作品。与其他嵌名联不同的是,将《急浪丹心》剧名分两半嵌在上下联。上联"腾急浪",下联"映丹心"。魏明伦突出《急浪丹心》,是因为此剧曾在1965年西南地区会演中折桂。剧中音乐唱腔,把川江号子和川剧高腔"新水令"巧妙融合,效果甚佳,传唱甚广。

与吾友张人士共勉[①]

甘作无权威之人士[②];
争当有风骨之士人[③]。

乙未中秋撰联

〔注释〕

①张人士(1949—):历任四川巴金文学院院务副主任,四川散文学会常务副会长,四川省作家协会主席团委员。出版《张人士中短篇小说选》等。

②人士:语出《诗经·小雅·都人士》:"彼都人士,狐裘黄黄。"泛指某方面有代表性之人,如民主人士、无党派人士、各界人士。

②士人:语出《史记·佞幸列传》:"士人则邓通,宦者则赵同。"古时泛指高级知识分子为士人。

〔笺疏〕

四川散文学会常务副会长张人士,长于联系文学同人,组织文学活动。2013年,曾应西昌市政府邀请,陪同魏明伦三赴西昌邛海考察。魏明伦撰写《邛海湿地赋》,当地镌刻成碑。

乙未（2016）中秋，张人士68岁生日，魏明伦题赠嵌名对联《与吾友张人士共勉》。妙在以人名分为"人士"和"士人"。甘作无权威之"人士"，争当有风骨之"士人"。魏明伦借此联自励，不求权威，崇敬风骨。应和学者资中筠提倡的"士人风骨"。

题乔智

小乔非老爷①,特殊傧相②,常帮诸友办慈宴③,促成文苑群翁百老汇④;

大伙赞良友,义务裁缝,爱为众人作嫁衣,协助巴山独秀⑤九龄童⑥。

〔注释〕

① 小乔非老爷:川剧《乔老爷奇遇》五十年代上京演出影响甚大。这里,乔智虽然姓乔,但并非"老爷"。

② 傧相:婚礼、寿宴、友谊宴的司仪人。

③ 慈宴:慈善宴会,包括婚宴、寿宴、喜丧宴、友谊宴。红白喜事,旧时统称慈宴。

④ 百老汇:美国纽约曼哈顿的街道名。早期街上建立剧院、剧场80家之多,逐渐形成百老汇文化。魏明伦巧妙借用,把自己聚集老艺术家的活动,称为"百老汇"。

⑤ 独秀:单独出众超群。

⑥ 九龄童:魏明伦9岁登台唱戏的艺名。

[笺疏]

北京文化经纪名人乔智与魏明伦是忘年交。魏明伦从艺六十周年典礼，魏明伦文学馆、碑文馆开馆典礼等大型活动，都得益于乔智的大力协助。乔智引领京城艺术家李光羲、郭淑珍、白淑湘、王铁成、姜昆、陈铎、陈醉、杨春霞、陈爱莲、陶玉玲、邓玉华，以及作家张抗抗、柳建伟等长途跋涉，赶赴四川现场祝贺，"促成文苑群翁百老汇"。魏明伦心存感激，撰联称乔智为"特殊傧相""义务裁缝"。赞扬乔智"常帮诸友办慈宴""爱为众人作嫁衣"。铭记"良友"乔智助人为乐。此联体现魏明伦知恩必谢，投李报琼的品质。

赞脑外科医生

柳叶救人①,问天下头颅几许;
青锋除害②,试大夫手术如何?

〔注释〕

① 柳叶:指柳叶刀,外科医生的手术刀。(英国)有权威杂志《柳叶刀》。

② 青锋:锋利的刀剑。

〔笺疏〕

此联原是魏明伦题赠华西医院副院长,外科医生周总光教授。此联是从太平天国翼王石达开题理发店对联演化:

磨砺以须,问天下头颅几许;
及锋而试,看老夫手段如何?

魏明伦此联妙在转题脑外科医生"问天下头颅几许",更妙在将原联的"老夫"改为"大夫",将"手段如何"改为"手术如何"。移花接木,鬼才笔法。

敬贺《剧本》创刊六十周年[①]

吾辈遑言千里马[②];
贵刊真似九方皋[③]。

〔注释〕

①《剧本》：创刊于1952年，由中国戏剧家协会主办。以发表优秀剧本为主，刊登话剧、戏曲、歌剧、电视优秀剧本，发表剧本评论、剧作家研究、创作问题研究，以及中外戏剧艺术交流等方面的文章。

②千里马：语出唐韩愈《马说》："世有伯乐，然后有千里马。千里马常有，而伯乐不常有。"

③九方皋：春秋时相马名家。九方皋曾受伯乐推荐，为秦穆公相马三个月。据《列子》载："得其精而忘其粗，在其内而忘其外。见其所见，不见其所不见；视其所视，而遗其所不视。"

〔笺疏〕

《剧本》月刊，1952年创刊，是全国戏剧的权威刊物，剧作者皆以作品登上《剧本》月刊为荣。1980年，《剧本》月刊首发魏明伦出山之作《易胆大》。尔后连续发表魏明伦剧本

《四姑娘》《巴山秀才》《静夜思》,促其"连中三元"。该刊戏曲组组长王一峰,是最早发现、扶持魏明伦的"伯乐",魏明伦至今以师礼事之。魏明伦这副对联,自谦"吾辈遑言千里马",敬谢"贵刊真似九方皋"。以"千里马"对"九方皋",不仅对仗工整,且发自肺腑,由衷之言。

漫题沈容新作《汉字图画》①

熊猫书法，汉字象形字；
甲骨法书②，画图形象图。

〔注释〕

① 汉字图画：2018年，四川省美术家协会会员沈容，将中国甲骨文字与国宝大熊猫的形象相结合。沈容把自己这种创意叫作"甲骨文熊猫汉字符号艺术"，简而言之，就是"汉字图画"。

② 法书：敬称别人的书法为"法书"。

〔笺疏〕

四川省美术家协会会员沈容原本擅长油画，2018年开始，她大胆创新，把古今中外的书画元素都糅合在一起，吸收了中国最古老的甲骨文字，取名"汉字图画"。沈容曾做过魏明伦的家庭教师，辅导魏明伦的孙女魏如飞绘画。这次沈容出书，先请诗人流沙河题款，再请魏明伦撰联。此联妙在文字趣味："书法"对"法书"；"象形"对"形象"。文字巧妙颠倒，左右逢源。

挽萧卓能·慰李谷一[①]

吟唱情歌，告别骊歌[②]，布谷声声，成双到老；
出身望族，不炫贵族，萧郎默默，从一而终[③]。

〔注释〕

①萧卓能（1942—2020）：开国大将萧劲光之子，歌唱家李谷一的丈夫，曾任山东政协副主席、中国海洋技术总公司总经理等职务。

②骊歌：告别之歌。李白送别诗"正当今文断肠处，骊歌愁绝不忍听"。

③从一而终：本意为用情专一。此处为双关语，指萧卓能与李谷一感情甚笃，一生只爱妻子一人。"从一"之"一"为李谷一。

〔笺疏〕

魏明伦此联追悼萧卓能，安慰李谷一。咏叹伉俪成双到老，赞美"萧郎"从一而终。这里"一"指李谷一。"从一而终"之妙义，唯此独有。

题四川省文联新建艺术院

读史称奇，蜀国帝王皆小[1]，文豪特大[2]；
问民解密，宝盆才子有缘，霸主不宜。

〔注释〕

[1] 蜀国帝王皆小：历史上的众多蜀国，其属地皆比较局限。除先秦时期古蜀国为西南地区的大国，三国时期蜀国，十六国时期西蜀，五代十国时期前蜀、后蜀，北宋初期的蜀国，南宋时期的蜀国，明代蜀国等，其统治地区大抵以四川盆地为界限。

[2] 文豪特大：在蜀国这片土地上孕育了中国文学史上许多杰出的代表。如西汉"赋圣"司马相如，被誉为"汉代孔子"的辞赋大家扬雄，唐代"诗仙"李白、"诗圣"杜甫，北宋文豪苏轼三父子、南宋文学家陆游、明代文学家杨慎，现代的巴金、郭沫若、李劼人、马识途等。他们或是土生土长的四川人，或是旅居四川写下了大量名篇，成为每个朝代重量级的大文豪。他们的经典作品广泛流传，影响巨大。

〔笺疏〕

魏明伦此联题赠四川省文联新建艺术院。作者"读史称奇",发现蜀国"帝王皆小"。偏居一隅,远离中原。出不了秦皇汉武,唐宗宋祖,明帝清君。但这里文风特盛,诗仙、诗圣、辞宗、文豪,不胜枚举。所以四川盆地这座聚宝盆,"才子有缘",而"霸主不宜"。

锦江剧场联①

名伶喜聚②，三庆会四川戏曲③；
观众悦来④，万人迷⑤五种声腔⑥。

〔注释〕

①锦江剧场：位于成都市锦江区华兴正街54号，前身为悦来茶园，始建于1908年，是国内第一家以川剧命名、以戏剧演出为主的大型综合性文化娱乐场所，公认的"川剧窝子"。1954年11月在悦来茶园旧址修建锦江剧场。1984年，锦江剧场局部修葺。1997年再次改建为川剧艺术中心，包括锦江剧场、悦来茶园、川剧艺术陈列室等。

②名伶：古代，优是男演员，伶是女演员。晚清，优伶合称，男女皆可。现代，名伶是著名演员的尊称、雅称。

③三庆会：川剧班社名。1912年，成都华兴正街悦来茶园的宴乐、宾乐等川剧班子组成"三庆会"。发起人康芷林、杨素兰、萧楷成、贾培之、唐广体等。至1949年，前后活动达三十余年，在川剧发展史上占有重要地位。

④悦来："悦来"二字取自《论语·子路》："近者悦，远者来。"指远近的观众和茶客都来此愉悦。

⑤万人迷："相声大王"李佩亭（1881—1926）的艺名。

他与七位"德"字辈相声艺人并称"相声八德"。

⑥ 五种声腔：川剧的昆腔、高腔、胡琴、弹戏、灯调。

〔笺疏〕

2023年1月，魏明伦应成都市川剧院之邀为锦江剧场大门撰联。"命题作文"，要求对联必须嵌入"三庆会""悦来"。魏明伦十五分钟一挥而就。短短两行文字，对仗工整，平仄分明。因剧场门口两侧空间有限，魏明伦叹惜"一行只能写十一个字"，未能发挥他撰写长联的功力。

广安深圳长联

广安精致小城，伟人襁褓摇篮①。少壮风云，逐鹿斗狼，缚龙伏虎。三回落难，三番奋起。国人饮水思源，无广安则无邓公，无邓公则无改革；

深圳巍峨大埠，巨擘晚年成果②。古稀松柏，放猫捉鼠，摸石过河。一笔画圈，一举成功。今日寻根究底，有深圳即有开放，有开放即有富强。

〔注释〕

①伟人襁褓摇篮：邓小平1904年8月22日生于四川广安，在家乡进私塾、上小学、升中学。15岁考入重庆勤工俭学留法预备学校，16岁到法国留学。从幼年到少年，广安是邓小平的"襁褓"和"摇篮"。

②深圳巍峨大埠，巨擘晚年成果：深圳的"圳"字，在客家方言里，是田间水沟。深圳成为经济特区之前，只是一个落后的边陲县镇。经改革开放，变为与北京、上海、广州齐名的四大城市之一，中国三大金融中心之一。深圳，是邓小平

的辉煌成果。"埠"，本意为停船的码头，此处指商埠。"巨擘"，大拇指，比喻杰出的人物。语出《孟子·滕文公下》："于齐国之士，吾必以仲子为巨擘焉。"

〔笺疏〕

魏明伦这副长联，是应广安市总工会、广安深圳产业园之邀而作。广安是邓小平故乡，深圳是邓小平晚年辉煌成果典型。此联立意"饮水思源""寻根究底"。结论"无广安则无邓公，无邓公则无改革"，"有深圳即有开放，有开放即有富强"。这两段警句，踏雪无痕，掷地有声。

广安八杰之一·鉴宝学者杨仁恺[1]

文博拓荒者，追踪国宝浮沉。其人即国宝，目光如炬。识别米颠帖[2]，判断曹娥碑[3]，发现聊斋手稿[4]，证明北宋寒鸦画[5]。

古书鉴赏家，敬仰大儒风尚。杨老亦大儒，手笔似橡。考察怀素字[6]，勘探张旭草[7]，厘清邓拓收藏[8]，鉴定清明上河图[9]。

〔注释〕

[1] 杨仁恺（1915—2008）：四川广安岳池人。享誉海内外的博物馆学家、书画鉴赏大师、书画大家、美术史家。曾任中国古代书画七人鉴定小组成员、中国博物馆协会名誉理事，辽宁省博物馆名誉馆长、文史研究馆名誉馆长等职。因其杰出贡献，被辽宁省人民政府授予"人民鉴赏家"荣誉称号，被誉为"国眼"。其涉猎广泛，著述宏富，代表作有《国宝沉浮录》《中国书画鉴定学稿》《沐雨楼书画论稿》《聊斋志异原稿研究》等几十部。是我国文博事业的拓荒者，对中国历史文化遗产的考鉴、拯救及中国文化的传播贡献卓越，在海内外影响深远。

②识别米颠帖：北宋书画大家米芾，有怪癖，人称"米颠"。1963年，杨仁恺从哈尔滨一青年出售的碎纸片中缀识，后拼出米芾真迹《行书苕溪诗卷》。

③判断曹娥碑：1964年，杨仁恺参与馆藏《曹娥诔辞墨迹》等四帖在上海朵云轩的复制出版工作。鉴定其为东汉曹娥墓上的碑文。《曹娥诔辞》所书内容即为碑文，此卷屡经刻石，故有《曹娥碑》之称。

④发现聊斋手稿：1951年杨仁恺受命鉴定《聊斋志异》的半部手稿。因为原稿存在着两种笔体，有人质疑这是转抄本。杨仁恺搜集了大量资料及旁证，逐字逐句校勘。认为《聊斋志异》半部原稿中，有30篇文章是蒲松龄的学生等人代抄的，其余篇目均系蒲氏手迹。经历近300年后，蒲松龄的半部原稿被杨仁恺慧眼考证为《聊斋志异》手稿真迹，现藏辽宁省图书馆。

⑤证明北宋寒鸦：《寒鸦图卷》为绢本水墨长卷，画中无名款，曾被定为五代宋初山水画名家李成作品。杨仁恺认为风格相差太远，1962年发表《〈宋人寒鸦图〉析》，阐述该画卷不是李成或郭熙的真迹。指出：虽不知具体作者，但"与宣和画院的气息有一脉相通之处"，具有十分重要的历史和艺术价值，是北宋末年到南宋初期独具风格的山水画。

⑥考察怀素字：杨仁恺考察评说有"草圣"之称的唐朝僧人怀素的字帖。于1963年1月发表《唐怀素〈论书帖〉刍议》。

⑦勘探张旭草：杨仁恺将已被鉴为次等作品的《石渠宝笈》勘定为唐朝"饮中八仙"之一，书法家张旭真迹。在《杨仁恺书画鉴定集·唐张旭的书风和他的〈古诗四帖〉》中记录

并认定《古诗四帖》是张旭真迹。

⑧厘清邓拓收藏：邓拓，人民日报首任总编辑、诗人、杂文家、政论家、收藏家。1984年杨仁恺和周怀民合写《邓拓同志藏画专辑》画册的序言，介绍邓拓收藏历代书画的情况，厘清了邓拓的收藏。

⑨鉴定清明上河图：历朝历代《清明上河图》仿作摹本很多，1951年，杨仁恺发现一幅没有作者署名，题为《清明上河图》的古代风俗画绢本。经过他认真的艺术鉴定，最终确认是北宋画家张择端的真迹。"国宝遇到国眼"，自此，《清明上河图》的真迹被埋没了几百年之后终于恢复了本来面目。

〔笺疏〕

2001年，魏明伦在沈阳治病期间，曾登门拜访杨仁恺。杨老亦慕"鬼才"名声，彼此交谈融洽。魏明伦此联，高度赞扬杨仁恺毕生致力于流失国宝的追寻、拯救、鉴定、研究与保护，使一大批国宝重放异彩。魏明伦列举其"文博拓荒"与"古书鉴赏"中的典型事件，抒写杨仁恺为拯救历史文化遗产所做出的重大贡献。尤其是鉴定《清明上河图》，居功至伟，彪炳史册。魏明伦上联复字"国宝"，强调"其人即国宝，目光如炬"；下联复字"大儒"，突出"杨老亦大儒，手笔似椽"。此联尾句"鉴定清明上河图"平仄违规。因"清明上河图"五字铁定，不可更移，声律必须破例。

广安八杰之一·艺术家吴雪[1]

广安学子，青艺掌门[2]。表演兼通导演，当副手，助金山[3]。万尼亚变西藏王，舞台保尔炼钢铁[4]。

昆曲粉丝，梨园票友。京腔仍带川腔[5]，如乡友，似陈戈[6]，李老栓配王麻子，银幕土豪抓壮丁。

〔注释〕

①吴雪（1914—2006）：四川广安岳池人，中国现代著名艺术家、编剧，历任中国青年艺术剧院院长、文化部副部长。当选第八届人民代表大会人大代表，第五、六、七届全国政协委员。导演了20多部中外戏剧。其中，创作导演并主演了《抓壮丁》，导演了《傀儡之家》《雷雨》《伪君子》《上海屋檐下》《娜拉》《莎恭达罗》《豹子湾战斗》等话剧，并在话剧《钢铁是怎样炼成的》《万尼亚舅舅》《文成公主》，电影《风暴》《白求恩大夫》中扮演重要角色。

②青艺掌门：吴雪1940年到延安，历任延安西北青年救国会剧团团长、延安青年艺术剧院（中国国家话剧院前身）副院

长等职。

③表演兼通导演,当副手,助金山:1958年吴雪主演电影《十三陵水库畅想曲》,1959年参演电影《风暴》。因其表演兼通导演,助导演金山一臂之力。金山(1911—1982),电影明星,早年主演电影《夜半歌声》家喻户晓,首任中国青年艺术剧院院长。

④万尼亚变西藏王,舞台保尔炼钢铁:20世纪50年代,苏俄"斯坦尼斯拉夫斯基"戏剧体系被介绍到中国。吴雪在中国青年艺术剧院的舞台剧《钢铁是怎样炼成的》《万尼亚舅舅》《文成公主》中扮演主要角色,用演出实践把"斯坦尼斯拉夫斯基"体系逐渐中国化。

⑤京腔仍带川腔:吴雪在四川方言电影《抓壮丁》中主演李老栓,京腔混合川腔,"椒盐普通话"。

⑥如乡友,似陈戈:吴雪的乡友陈戈(1916—1981),四川自贡人,电影演员。主演《南征北战》《党的女儿》。在四川方言喜剧电影《抓壮丁》中饰演王麻子,传为绝唱,妇孺皆知。

〔笺疏〕

吴雪十分欣赏魏明伦编剧的《四姑娘》,尤其对剧中的"三叩门"赞不绝口,认为是"现代戏曲化"的范本。魏明伦担任全国政协委员,与吴雪同一小组,友谊加深,成为忘年交。魏明伦此联的上句"舞台保尔炼钢铁",指苏联小说《钢铁是怎样炼成的》中的主角保尔·柯察金;下句"银幕土豪抓壮丁",指四川方言电影中吴雪主演的土豪李老栓,陈戈主演的保长王麻子。这两个反面人物,活灵活现,堪称讽刺喜剧双绝。尤其是陈戈,至今无人超越。

广安八杰之一·烈士杨汉秀[①]

千金小姐,背叛帅门军阀[②],改名换姓,踏碎川江浪,冲破山城雾[③];

卅岁女流,练成巾帼英雄。喋血献身,被囚渣滓洞[④],长眠歌乐山[⑤]。

〔注释〕

①杨汉秀(1913—1949):四川广安人,中共党员,其伯父为重庆市市长杨森。她背叛军阀家庭,毅然奔赴延安,入"抗大""鲁艺"学习,改名为吴铭。1946年受组织派遣与周恩来同机到重庆,从事统战工作。因参加武装斗争被捕,关押于渣滓洞监狱,后获保外就医。1949年重庆发生"九二"火灾惨案。杨森等反动派企图将罪责转嫁共产党,她坚决反对,当面痛斥杨森,被再次逮捕,于同年11月27日被秘密杀害于歌乐山金刚坡。

②背叛帅门军阀:杨汉秀大伯父杨森是四川军阀,父杨懋修曾任川军旅长、师长。她是独女。杨汉秀年幼时随父亲驻扎部队,时任二十军党代表和政治部主任的朱德喜欢她,给她人生启迪。这对她后来毅然背叛家庭,投身革命有一定的影响。

③踏碎川江浪，冲破山城雾：形象生动地再现杨汉秀在革命斗争中不畏艰险斗智斗勇的事迹。抗日战争胜利后，1946年杨汉秀随周恩来回到重庆。杨汉秀一下飞机就遭到特务的监视，她转到渠县农村从事地下工作。变卖自己陪嫁购买枪支弹药，用来支援华蓥山游击队，培训地下武装，为川东地下党在华蓥山地区发动武装起义做出了重大贡献。

④被囚渣滓洞：1948年8月，杨汉秀被国民党特务逮捕，由渠县押到重庆渣滓洞囚禁。她利用"杨森的侄女"这种特殊身份同看守所进行交涉，为难友争取方便条件。1949年4月被杨森保外就医。

⑤长眠歌乐山：杨森将杨汉秀保释出狱，接到杨公馆中住下，责令她不准再参与共产党活动，并提出送她到美国去生活，但遭到她义正辞严的拒绝。重庆"九二"火灾惨案发生后，杨汉秀以亲眼目睹之事实，当面斥责杨森的险恶用心。杨森恼羞成怒，命令将杨汉秀秘密逮捕关押。1949年11月27日，国民党反动派仓皇逃跑前，对囚禁在白公馆、渣滓洞等监狱的革命者进行了疯狂的大屠杀，年仅36岁的杨汉秀被秘密杀害于歌乐山金刚坡。

〔笺疏〕

杨汉秀生为富家千金小姐，本可以过着锦衣玉食的生活，但她"背叛帅门军阀"投身革命。其所谓"背叛"，是她亲眼看见了英帝国主义军舰炮轰万县制造血腥的"九五"惨案，并经常接近在二十军任党代表和政治部主任的朱德，深受革命思想影响后,为追求真理做出的正确的人生决策。一生三次被捕入狱,两次被时为重庆市市长的大伯父杨森保释出狱。第二次出狱后的数月里如果选择杨森为她铺就的道路,她仍然可以免于死难。她却利用机会,规劝杨森弃暗投明,当面揭露痛斥杨森借重庆"九二"火灾嫁祸于共产党的险恶用心,再次入狱后"喋血献身"。联句"踏碎川江浪,冲破山城雾",比喻新颖贴切。魏明伦此联梳理杨汉秀光辉的一生,形象生动地再现"巾帼英烈"的风采。

广安八杰之一·双枪老太婆陈联诗①

西蜀传奇女,南京大学生②。文绘丹青飞百蝶③,武从赤卫佩双枪④。丈夫就义,头颅悬挂城墙⑤,妻子复仇,肝脑争涂战地⑥。

华蓥游击队,地下尖刀连。聪明狡兔掘三窟,疑惑野狐有二心。斗士蒙冤,手足自摧壁垒,老兵出党,灵魂苦问苍天⑦?

〔注释〕

① 陈联诗(1900—1960):四川广安岳池人,川东华蓥山游击纵队的主要创建者与领导者。她善使双枪,被世人称为"双枪老太婆"。据小说《红岩》的作者杨益言讲述,陈联诗为《红岩》中"双枪老太婆"的原型之一。

② 南京大学生:1923年秋,23岁的陈联诗与丈夫廖玉璧一同考入南京东南大学学习。

③ 文绘丹青飞百蝶:1954年,陈联诗进入重庆市文联美术家协会工作,成为一名专业画家。其画作以花鸟和仕女见长,擅长画蝴蝶。遗作《百蝶图》画出姿态各异、栩栩如生的百余蝴蝶,为艺术珍品。

④武从赤卫佩双枪：丈夫英勇就义后，陈联诗化悲痛为力量，任川东北临工委赤卫队三支队支队长，领导四十多人组成的双枪队，出奇制胜，使敌人闻风丧胆，"双枪老太婆"的赫赫威名传遍了西南各省。

⑤丈夫就义，头颅悬挂城墙：1935年2月，陈联诗丈夫廖玉璧被杨森诱捕，杀害于岳池县，其头颅被悬挂在岳池县城南门示众数日。是《红岩》中彭松涛的原型。

⑥妻子复仇，肝脑争涂战地：丈夫廖玉璧牺牲后，35岁的陈联诗赶回华蓥山，斩香发誓，继承廖玉璧的遗志，为夫复仇继续革命，永远不再嫁人。

⑦老兵出党，灵魂苦问苍天：20世纪50年代初期，陈联诗受到不公正待遇，被强行劝退脱离中国共产党。之后陈联诗共写下了42份入党申请书，直至因病离世也未能实现重新入党这一夙愿，抱憾而终。1982年，党组织终于为陈联诗同志平反，恢复其共产党员身份。

〔笺疏〕

魏明伦高度赞扬"西蜀传奇女"陈联诗文武双全。在丈夫牺牲后立志复仇，"肝脑争涂战地"。领导"华蓥游击队，地下尖刀连"，双枪老太婆使敌人闻风丧胆。同情她在20世纪50年代初期受到不公正待遇："斗士蒙冤，手足自摧壁垒，老兵出党，灵魂苦问苍天？"提出动人心魄的质疑，画上引人深思的问号。

广安八杰之一·红岩作者杨益言[①]

红岩壮士写红岩,三难友出牢,联袂写书记实,扬镳分道成真。或反右入监[②],或文革跳楼[③],或低调做人,谦虚处事;

黑狱囚徒离黑狱,一作家治学,赈捐稿费甚多[④],参预社交颇少。促同侪平反,促战友鸣冤,促白头偕老,长寿善终。

〔注释〕

①杨益言(1925—2017):四川广安武胜人,中共党员,著名作家,曾当选中国作家协会四川分会副主席,是小说《红岩》的作者之一。早年参加革命工作,曾被捕囚禁于重庆渣滓洞。中华人民共和国成立初期,罗广斌、杨益言、刘德彬三个难友把他们在狱中与敌人斗争的切身经历写出了《锢禁的世界》《圣洁的血花》《烈火中永生》。在此基础上,罗广斌和杨益言创作了优秀长篇小说《红岩》。小说出版后在社会上引起了强烈反响,被翻译成多种外国文字,在国内外为中国社会主义文学赢得了巨大声誉。2019年,《红岩》入选"新中国70年70部长篇小说典藏"。

②或反右入监：1957年"反右派运动"中，刘德彬因受到错误处分，被下放到距离重庆100多公里的长寿湖农场劳动。

③或文革跳楼：指罗广斌含冤去世。在"文化大革命"中，从渣滓洞侥幸逃得一命，竟成了罗广斌的罪过，《红岩》也被污蔑成"叛徒文学"。1967年2月5日，红卫兵闯入罗广斌家将其绑架，五天后罗广斌在关押地坠楼身亡，终年42岁。

④赈捐稿费甚多：有资料记载长篇小说《红岩》于1961年12月出版后，已经重印了113次，印数达1000多万册。虽然稿酬非常丰厚，但是罗广斌（及其家属）、杨益言等将大部分稿费捐出，或资助烈士遗属，或交作党费。

〔笺疏〕

罗广斌和杨益言创作的优秀长篇小说《红岩》是在"三难友出牢，联袂写书记实"基础上完成的。魏明伦此联写小说《红岩》的作者之一杨益言。上联写"三难友"的"联袂"，惋惜他们在政治风云中遭受不同的境遇不得已"扬镳分道"；下联写"一作家"杨益言静心治学，以红岩之精神无私捐赠稿费，以及四处奔走，为难友刘德彬鸣冤申诉的古道热肠。赞其"谦虚处事"与"长寿善终"。复字法在此联中应用尤为突出。上联的三个"或"，与下联的三个"促"增添联句韵律感。"红岩壮士写红岩""黑狱囚徒离黑狱"出句清奇，应对巧妙，将读者带入独特的红岩时空。

广安八杰之一·辛亥元老蒲殿俊[①]

四川议长[②],十日都督[③],保路元勋[④]。少城矗立丰碑,赵熙名列前茅[⑤],殿后何人?当推殿俊;

立宪先锋,维新勇士,话剧祖师[⑥]。晨报催生阿Q[⑦],鲁迅身腾骏马,伯乐为谁?应有伯英。

〔注释〕

① 蒲殿俊(1875—1934):四川广安人。中国近代民族资产阶级立宪派的代表人物,四川保路运动的发起者和组织者之一,中国新文化运动中的斗士。蒲伯英是蒲殿俊主编《晨报》《实话报》时期的笔名。

② 四川议长:1909年,四川省咨议局在成都召开成立大会,34岁的蒲殿俊当选为四川议长。

③ 十日都督:1911年11月22日和25日,成都召开四川官绅代表大会,宣布脱离北京政府独立,成立大汉四川军政府,原咨议局议长蒲殿俊任军政府都督。12月6日,任职十日后,蒲殿俊在成都兵变中出逃回广安。

④保路元勋：蒲殿俊为四川保路同志会会长，领导了轰轰烈烈的保路运动。

⑤少城矗立丰碑，赵熙名列前茅：1913年建于四川省成都市市中心少城公园西北部的辛亥秋保路死事纪念碑，是当时川路总公司为了纪念1911年四川保路运动中牺牲烈士而修建的丰碑。"少城"指始建于1911年，坐落于成都市市中心的少城公园，1950年更名为成都市人民公园。"辛亥秋保路死事纪念碑"是该园的一个地标和"镇园之宝"。赵熙（1867—1948）：字尧生，四川荣县人，晚清翰林。秉性公正，刚直不阿。辛亥革命四川保路运动中，44岁的赵熙被推为京官川南代表，专奏请严惩镇压四川保路运动造成"成都血案"的四川总督赵尔丰，以谢川人。1913年赵熙受邀为纪念碑题书"辛亥秋保路死事纪念碑"，镌刻于碑体西面，传之后世。

⑥话剧祖师：1921—1923年间蒲殿俊与陈大悲、沈雁冰、郑振铎、欧阳予倩等人创办了近代中国第一个专论戏剧的杂志——《戏剧》月刊，并创作现代话剧剧本；集资在北京创办了中国第一所职业戏剧学校——人艺戏剧专门学校；集资在北京香厂路盖了新明剧场，率"人艺"的学生做了第一次面向社会的公开演出。在新文化运动中，为促使传统旧戏向现代戏剧的改革做出了突出的贡献，成为中国"话剧祖师"之一。

⑦晨报催生阿Q：1919年蒲殿俊应北京《晨报》之聘就任总编辑。他在李大钊等人协助下改组《晨报》副刊，约请梁启超、胡适、王国维、鲁迅、郁达夫、闻一多、徐志摩、冰心等一大批文化名人撰稿介绍新知识，传播新文化，宣传新思想，

在新文化运动中产生了重大影响。"阿Q"指《阿Q正传》,是鲁迅先生于1921—1922年撰写的中篇小说。小说最初连载于蒲殿俊主编的《晨报副刊》,后收入小说集《呐喊》。

〔笺疏〕

蒲殿俊在保路运动中的杰出贡献为世所公认。这位中国近代民族资产阶级立宪派代表人物的"政党政治"幻想破灭后,决心"脱离政治生涯",致力于舆论指导和社会教育,以一个"文化人"的面目出现,其艺术成就亦不为政治声名掩盖。魏明伦此联将"四川议长,十日都督,保路元勋"与"立宪先锋,维新勇士,话剧祖师"并举,赞扬他在保路运动、中国近代立宪政治以及新文化运动中所做出的突出贡献。将"蒲殿俊"与其笔名"蒲伯英"嵌入上下联。"殿后"与"殿俊","伯乐"与"伯英",构思奇巧,文笔活跃。

广安八杰之一·收复失地功臣李准[①]

赫赫水师提督,凯传南海,威扬北海[②]。驾驶伏波号,挥舞鸟虫篆[③]。翰墨滴珠:刊头题写大公报[④]。

堂堂陆路总兵,巡视东沙,勘测西沙[⑤]。收回沦陷地,坚持领土权[⑥]。珊瑚刻石:当地命名李准滩[⑦]。

〔注释〕

① 李准(1871—1936):四川广安邻水人,集军事家、政治家、书法家、剧作家于一身的清末民初传奇将军。1905年任广东水师提督,兼任闽粤、南奥镇总兵。著作有《广东水师国防要塞图说》《李准重翻航海记》《粤中从政录》《广东革命大事记(广东革命史)》《任庵闻见录》等。

② 凯传南海,威扬北海:1901年,李准任广东巡防营统领兼巡各江水师,统领军队和巡海兵舰。因剿灭西江、高丽及沿海巨股海盗、活捉匪首有功,威名远扬。

③ 驾驶伏波号,挥舞鸟虫篆:1909年4月,李准调集指挥伏波、琛航两兵舰,率官兵170余人,对西沙群岛进行深入调查。

军舰每到一处岛屿皆勒石命名，鸣炮升旗，重申中国主权。"鸟虫篆"又称鸟书或鸟虫书，其笔画屈曲如虫，画首或饰以鸟状而得名。

④翰墨滴珠：刊头题写大公报：《大公报》1902年在天津创办，是中国迄今发行时间最长的中文报纸。李准暮年定居天津，善书法，曾为《大公报》刊头书"大公报"三字。"翰墨滴珠"状其书法珠圆玉润而不失古意。

⑤巡视东沙，勘测西沙：1907—1909年李准3次亲率船舰巡视西沙、东沙诸岛。探明西沙岛屿15座，绘制了西沙群岛总图和西沙各岛的分图。李准回广州后，著《广东水师国防要塞图说》。

⑥收回沦陷地，坚持领土权：指李准发现日本人占据东沙岛，并收回东沙岛的领土权。1908年，李准出巡外海，至东沙岛，发现日本人已占据该岛二三年，便派兵监视。李准回广东后，通过外交途径向日本领事抗议，日本人退出东沙岛。

⑦珊瑚刻石：当地命名李准滩：李准多次巡经东沙、西沙群岛，勘查岛礁，凿井造屋，协助渔民定居，据理争回国家领土和主权等事迹，为当地民众感恩铭记。后来，为纪念李准捍卫南海诸岛的历史功绩，1947年民国政府内政部将西沙群岛中的部分岛屿以李准巡视西沙时的"伏波""琛航"号军舰来命名，如伏波岛（即今天的西沙晋卿岛）、琛航岛，并将南沙群岛西部的一个暗滩命名为"李准滩"，沿用至今。

〔笺疏〕

李准的一生，跌宕起伏，查勘南海诸岛，重申中国主权，功绩彪炳史册，是一位划时代的民族英雄。魏明伦撰联抒写其"凯传南海，威扬北海""巡视东沙，勘测西沙""收回沦陷地，坚持领土权"的拳拳爱国之心，又武而能文"挥舞鸟虫篆""题写大公报"，展示清末武将的书法家功底。叠词"赫赫"和"堂堂"音韵朗朗，壮其声威。对仗工整，平仄合律，想象奇特，形象生动，再现李准传奇人生。

广安八杰之一·战斗英雄柴云振[①]

雷鸣电掣立战功[②]，忽尔消声匿迹[③]。平壤北京首脑[④]，寻觅英雄下落。返璞归真矣，靠近乡亲父老；

云淡风清回故里，长期隐姓埋名[⑤]。岳池罗渡百姓，远离闹市中心。务农耕地兮，甘居茅屋蓬门。

〔注释〕

① 柴云振（1926—2018）：四川广安岳池大佛乡人，四川省广安市岳池县财政局原副县级离休干部，省政协委员。在抗美援朝第五次战役中，柴云振战功显赫，被记特等功一次，授予一级战斗英雄、志愿军特等功臣。1951年5月，柴云振在担负阻击北上敌军的任务中负重伤，伤愈后回到家乡隐姓埋名，与部队失去联系。邓小平全力协助，金日成数十年寻找，经过三十三年艰苦找寻，1984年在邓小平家乡广安市岳池县找到柴云振。1985年受金日成主席邀请访问朝鲜，被授"一级自由独立勋章"。2021年中共中央授予柴云振"七一勋章"。

② 雷鸣电掣立战功：指柴云振在抗美援朝中的显赫战功。

柴云振任志愿军十五军四十五师一三四团八连七班班长。1951年5月,在朴达峰担负阻击北上敌军的任务。朴达峰山势险要,柴云振带领全班冒着密集的炮火从左右两侧向敌发起猛攻,子弹打完了,他同敌人展开殊死的肉搏战,右手食指被敌人咬断,头部、腰部多处负伤,昏死过去。朴达峰阻击战,对巩固我军阵地起了关键作用。秦基伟将军(当时柴云振所在部队十五军军长)说:"柴云振的确是一位了不起的志愿军英雄人物,仅朴达峰阻击战,柴云振所在营歼敌2000多人,他带领的7班就歼敌400多人,柴云振一个人就歼敌200多人。"

③忽尔消声匿迹:指柴云振突然间失踪了。当年彭德怀司令员指示国内医院要不惜一切代价抢救昏迷不醒的英雄柴云振。有关部门请了专家学者会诊,并转了几个医院,转来转去,断了线索。战斗结束后,志愿军总政治部授予柴云振特等功臣、一级战斗英雄光荣称号。柴云振所在部队成为英雄部队,柴云振所在八连被评为"特功八连"。在柴云振精神的鼓舞下,志愿军中相继出现了黄继光、邱少云等著名英雄。但是,志愿军总部发给柴云振的英雄勋章无人领取。

④平壤北京首脑,寻觅英雄下落:朝鲜金日成主席和中华人民共和国中央军委主席邓小平,都在寻找英雄的下落。20世纪80年代初,金日成主席访问中国,由邓小平、秦基伟等中央军委领导人陪同。在成都时,金日成主席与邓小平谈到自己寻找了三十多年的四川籍志愿军英雄人物柴云振,在朝鲜始终没有人能提供柴云振的准确情况,而这位英雄人物事迹已经列入朝鲜课本和朝鲜革命军事博物馆。邓小平请金日成放心:"只

要柴云振还活着，只要柴云振还在中国领土上，我们就一定能找到。"之后，邓小平在百忙之中专门抽出时间把柴云振当年的战友请来，让他介绍柴云振的个性特征、方言等生活习惯。得知柴云振可能是大西南方向的人，邓小平指示：哪怕是大海捞针也要把柴云振找出来。在云贵川各省及至中央各大报纸刊登寻找英雄柴云振的启事，让所有了解相关情况的人提供线索。终于，在1984年的一天，柴云振的大儿子看到了《四川日报》上一则寻找抗美援朝英雄的启事，其姓名和事迹与自己父亲高度相似。在乡亲和亲友的劝说下，"失踪"三十三年的英雄才得以归队。

⑤云淡风清回故里，长期隐姓埋名：当年医院尽最大努力怀着最后一线希望对身负重伤的柴云振进行抢救，经过医务人员的精心治疗，一年以后，除经常头痛以外，并无其他不良反应。1952年4月，柴云振出院回到自己的家乡岳池。回乡后，与村民们一起年复一年地"修理地球"（干农活儿）。他先后担任过大队长、乡长、公社党委副书记等职。三十多年里，柴云振默默地为党和人民辛勤工作，无私奉献，从未吐露自己的功绩，谁也不知道他是一位大英雄。

〔笺疏〕

1985年柴云振访问朝鲜归来，原十五军军长、时任北京军区司令员的秦基伟设宴招待并问他："你对组织上有什么要求吗？"柴云振摇摇头："我那一个班的战士都牺牲了，就剩下我。我活在世上，应该代我的战友做点事。我对组织上没有任何要求。"

魏明伦此联首句动静相衬,先声夺人。战斗英雄柴云振在"雷鸣电掣立战功"后"忽尔消声匿迹",言简意赅概括了柴云振战场上轰轰烈烈立战功,伤愈出院后隐姓埋名三十多年的恬淡人生。"返璞归真矣""云淡风清回故里,长期隐姓埋名""务农耕地兮"等词句颇与陶渊明《归去来兮辞》意境相通。同为归去,只是因缘有异。柴云振几十年云淡风清默默奉献,在他看来不过是极其平常的"代我的战友做点事",所以"务农耕地兮,甘居茅屋蓬门"。意境深远,联对工整,匠心独运,鲜活地塑造出战斗英雄柴云振朴实而高尚的形象。

题林强儿子、儿媳伉俪新婚^①

当继承先贤创业^②，成家无愧；
莫辜负国父题词，教子有方^③。

〔注释〕

①林强（1954— ）：四川资中人。1973年参军，1987年转业到四川省教育厅工作。先后十次翻越海拔两千米高山，冒险深入布拖县乌依乡"麻风村"禁区。与村民同吃同住，真心诚意救助麻风病人。自费捐物，奔走筹款，为"麻风村"修路、送药、建立学校，传播了人性的爱心，体现了教育工作者的良知。中宣部、中组部、人事部、解放军总政治部、国务院军转办等五部门，联合授予林强"全国模范军队转业干部"称号。中宣部授予林强"全国中青年德艺双馨文艺工作者"称号。时任中共中央总书记胡锦涛亲笔批示："向林强同志学习。"

②先贤：指林强儿子林园的外曾祖陆福廷（1889—1960），黄埔军校第一期主任教官。

③教子有方：林氏的"教子有方"四字，是林园的外高祖陆荫培去世时，孙中山亲书的挽辞。辛亥革命一百周年时，江苏徐州重建孙中山题词"教子有方"纪念碑。

〔笺疏〕

这副喜联,是魏明伦受挚友林强之托,为其儿子林园新婚而作。

魏明伦肯定林强的作为,赞其祖先"教子有方"的传统。林强上承祖训,下传子媳。2015年1月,儿子林园婚礼。魏明伦赠送喜联,突出国父孙中山题词,贯串陆荫培、陆福廷、林强、林园几代人精神传承。

情人节题张筠英、瞿弦和伉俪[①]

祖国的花朵,让我们荡起双桨;
华侨之蓓蕾,祝他俩偕老百年。

魏明伦题

杨洪基书

2022年初春

〔注释〕

① 张筠英(1942—):著名演员、朗诵艺术家,中央戏剧学院表演系教授,中国戏剧家协会会员,中国电视家协会会员,中国电影协会会员,北京语言学会朗诵研究会理事。1953年国庆节被选中代表全国少年儿童给毛泽东献花;1955年,在新中国第一部儿童电影《祖国的花朵》中扮演主角。瞿弦和(1944—):出生于印尼苏门答腊,6岁随父母回国。国家一级演员。曾任中国煤矿文工团团长、全国政协委员、中国戏剧家协会副主席。1954年,代表少年儿童,在中山公园中山堂给毛主席献花。2019年10月,获评"70年70人·杰出演播艺术家"。主要代表作品《最后八个人》《风流》等。

〔笺疏〕

瞿弦和、张筠英伉俪，曾分别在少年时代向毛泽东献花，留下两张流传久远的照片。一张是毛泽东与张筠英两人在天安门上的照片，张筠英指着远方，毛泽东侧身瞭望；一张是瞿弦和在中山公园中山堂给毛泽东献花，他站在领袖的右边。1955年北京市少年宫成立艺术团招收第一批成员，瞿弦和与张筠英双双入选。自此两位"花童"相识，后成为中央戏剧学院表演系的同窗。世事的巧合促成了一世姻缘。

魏明伦曾与瞿弦和同任全国政协委员，同任中国戏剧家协会副主席，交谊深厚。瞿弦和曾在纪念抗战的电视节目中朗诵魏明伦所写《中国人民抗日战争纪念雕塑园赋》片段。又在四川梓潼文昌大庙朗诵魏明伦所写《祭文昌赋》全文。2022年"情人节"魏明伦撰联相赠。嵌名张筠英代表作"祖国的花朵，让我们荡起双桨"，"华侨之蓓蕾，祝他俩偕老百年"。歌唱家杨洪基书丹，可谓情人节给好友的最佳礼物。

挽金铁霖[1]

金声玉振,铁板歌喉[2],平日甘霖不降。我有夙缘,南海识荆[3],一曲风云聚会;

奇叟雅音,杏坛清嗓,佳期春笋丛生。君多高足[4],北京执教,满门桃李芬芳。

〔注释〕

[1] 金铁霖(1940—2022):中国著名歌唱家,声乐教育家,第九届、十届、十一届、十二届全国政协委员,历任中国音乐家协会副主席,中国音乐学院院长、教授、硕士生导师,中国民族声乐学会副会长。在教学中培养出李谷一、彭丽媛、宋祖英、张也、董文华、阎维文、李丹阳等众多知名歌唱家。推出了金氏唱法,在中国歌唱界有着相当重要的地位。

[2] 铁板歌喉:语出清郑板桥《道情》:"交还他铁板歌喉。"

[3] 识荆:语出李白名句:"生不愿封万户侯,但愿一识韩荆州。"识荆:指初次遇见优秀人物。

[4] 高足:对别人徒弟、学生的美称。

〔笺疏〕

魏明伦此联撰于2022年11月15日金铁霖逝世当日。同属于全国政协委员的魏明伦与金铁霖两人交情长达三十五年，交谊深厚。2011年魏明伦从艺六十周年纪念活动时，金铁霖亲笔题词赠魏明伦："平民作家，草根艺人。九龄童献身《八阵图》，四姑娘苦心《三叩门》。录明伦弟名剧，兼祝从艺六十周年。"

本联中"南海识荆，一曲风云聚会"记述20世纪80年代末，魏明伦与金铁霖一起参加中国文联组织的海南采风活动。当时已经在声乐教育方面取得显著成果的金铁霖给魏明伦和蔼可亲的印象，但是在大多数成员有家属陪同的活动中，因离婚后孑然一身的金铁霖显得沉默、寡欢。魏明伦想打破这种局面。一天晚上聚餐时，以从没听过金铁霖唱歌为由，提出请他唱一首。金铁霖一开始还不好意思，以至于歌声都有些生涩，后来就放声歌唱。"真的特别好听，不愧是著名的歌唱家。"那萦绕三十五年的歌声从魏明伦回忆中跃然纸上，化为祭奠老友的挽联："金声玉振，铁板歌喉""奇叟雅音，杏坛清嗓"。上下联中反复咏叹，既嵌入金铁霖姓名，又彰显出歌唱家金铁霖的深厚功底。以"君多高足，北京执教，满门桃李芬芳"颂扬这位声乐界造星高手。对联工整，感情真挚，堪称老友金铁霖的知音。

余开源长联①

舞台起步②,萌芽扎蜀中,早学名优雅曲③,擅长健舞高歌,一举扬名轵侯剑④;

校园丰收⑤,桃李满天下,广交元老功臣,善待文朋艺友,八方称誉孟尝风。

〔注释〕

①余开源(1948—):联合国教科文组织专家委员、中国戏剧家协会会员、四川省文联副主席、四川省戏剧家协会副主席、一级演员、成都艺术职业学院院长、四川开元教育集团董事长。四十多年的艺术生涯中,先后演出剧目上百,塑造多种艺术形象,代表作《焚香记》《玉簪记》《吕布与貂蝉》《红书剑》《审吉平》《绣襦记》《打金枝》《幽闺记》等。

②舞台起步:作为川剧演员的余开源曾在20世纪90年代被誉为"巴蜀第一小生",而他迈向人生更广阔前景的步伐才刚刚开始。

③早学名优雅曲:20世纪60年代,余开源先后拜川剧名家韩成之和袁玉堃为师,专攻川剧文武小生。

④一举扬名轵侯剑:指余开源主演新编历史川剧《轵侯

剑》中的汉文帝。先后在1983年"振兴川剧第一届调演"、1985年全国戏曲观摩比赛演出中一举成功,荣获大奖。

⑤校园丰收:指余开源在兴办艺术院校方面取得的成就。2002年余开源创建了"成都艺术职业学院"和"四川师范大学设计艺术学院",并被四川省人民政府任命为两院院长。近年来学院为国家培养了本、专科艺术人才上万人。

〔笺疏〕

余开源从艺五十周年纪念活动时,魏明伦写了凝练的八个字贺词:"舞台起步,校园丰收。"这次延伸为长联,意蕴更丰满。上联以"擅长健舞高歌"的"巴蜀第一小生"在大赛中"一举扬名轵侯剑",下联吟咏余开源在世纪之交投身教育事业,他创办的成都艺术职业学院,成为西部地区规模最大的设计艺术类民办高校,可谓校园丰收,"桃李满天下"。他"广交元老功臣,善待文朋艺友",被"八方"一致"称誉孟尝风"。"八方"一词,除了与"一举"工整应对,还如实地反映了余开源接触国内高层,国外名流、各种场合、各界人物。都有依据,并非溢美。

正厅联

止戈为武[1],虚戈为戲;
悲剧加欢,喜剧加啼。

〔注释〕

① 止戈为武:语出《左传·宣公十二年》:"夫文,止戈为武。"

〔笺疏〕

此联镌刻在自贡市花海魏明伦戏剧馆正厅门前两侧。诠释了"戲"的两种属性。"虚"为戏剧虚实结合,"戈"为戏剧矛盾冲突。"悲剧加欢,喜剧加啼",是戏曲,尤其是川剧的特征。川人俗语"如要咸,加点甜;如要甜,加点盐"。用喜剧手段烘托悲剧,用悲剧手段反衬喜剧。魏明伦成名作《易胆大》,代表作《巴山秀才》《变脸》,就体现了"悲剧加欢,喜剧加啼"。

小戏台联

昨日黄花仍美,多植勿忘草[1];
今朝古戏还童,仰观不老松。

〔注释〕
① 勿忘草:紫草科植物,又名勿忘我。

〔笺疏〕
　　这副楹联镌刻在自贡市花海魏明伦戏剧馆内小戏台两侧。作者眷恋川剧艺术,认为昨日黄花仍美,以勿忘草抒情,盼望戏曲返老还童,台下观众仰看台上不老松。联语运用植物形象,黄花、苍松、勿忘草,寄托戏曲复苏,大地回春的理想。

日本投降联

日本降于本日；
皇天不佑天皇。

〔笺疏〕

1945年8月15日，日本天皇裕仁宣布日本无条件投降。当天，湖南一位乡村教师龙逸才，写了一副记实的对联：

本日果然亡日本；
皇天竟不佑天皇。

此联内容、形式、对仗、平仄，都是上乘之作。8月15日，这副佳联不胫而走，全国传播，载入抗战胜利史册。

近年，魏明伦研究这副佳联，发觉美中不足。"本日果然亡日本"，语有歧义。"亡日本"，是日本亡了，还是亡于日本？语焉不详。

8月15日，裕仁天皇通过广播，发表终战诏书，接受波茨坦公告，宣布日本无条件投降。但8月15日只是日本公布投降意图之日，并非亡国！

8月22日，侵华日军总司令冈村宁次，派副参谋长今井武夫飞抵湖南芷江洽降。

1945年9月9日9时，三九良辰，在中国南京举行受降仪式。侵华日军总司令冈村宁次正式呈交日本投降书，中国陆军总司令何应钦代表中国政府正式受降。

因此，8月15日，写成"本日果然亡日本"，差矣！

第一不是"本日"，第二不是"亡"，而是"降"！

魏明伦根据9月9日正式受降史实，新改此副对联。

抗战楹联

开篇七月七,永定濒危①,激战万千公里,持久八年抗日本;

终局九月九②,南京报捷,受降二十分钟,延伸百代兴中华。

〔注释〕

①永定濒危:位于北京西南郊永定河上的卢沟桥受到日军侵略,北京外城南垣正门的永定门也岌岌可危。"永定"寓意永远安定,体现了人们对美好生活的期盼,对安宁生活的追求。七七事变爆发前夕,北平(今北京)的北、东、西三面已经被日军控制,南面的卢沟桥就成为北平对外的唯一通道。

②终局九月九,南京报捷:指1945年8月15日日本宣布无条件投降后,9月9日9时,中国南京举行受降仪式。侵华日军总司令冈村宁次正式呈交日本投降书,中国陆军总司令何应钦代表中国政府正式受降。

〔笺疏〕

抗日战争是第二次世界大战中，中国抵抗日本侵略的一场民族性的全面战争，是中华民族历史上最伟大的卫国战争，是中国近代以来抗击外敌入侵第一次取得完全胜利的民族解放战争。从1931年9月18日九一八事变开始，东北爱国官兵和群众浴血奋战，经过六年的局部抗日战争。1937年7月7日"卢沟桥事变"后开启了全国性抗日战争直到取得全面胜利。1945年9月9日，在中国南京举行受降仪式，仪式仅占二十分钟。

魏明伦此联高在巧用"七月七"与"九月九"组对，在"激战万千公里"与"受降二十分钟"对比中，记录中国人民经过流血牺牲、艰苦抗战，终于赢得民族解放战争的伟大胜利的艰苦历程。楹联铭记历史，寄语国人以奋起反抗外敌入侵，"持久八年抗日本"之精神，"延伸百代兴中华"代代传承，兴我中华，永无止息。

题平民饭店

食为天,饱为安,乱世必多饿殍;
人上岗,客上席,佳肴普及平民。

2003年重阳题

〔笺疏〕

　　2003年,魏明伦为自贡市一家平民饭店撰联。上联开门见山,强调"食为天,饱为安";下联殷切希望"人上岗,客赏席"。此联一语惊人:"乱世必多饿殍!"魏明伦《题平民饭店》,话说平民吃饭。悠悠万事,何事最大?毛泽东在《湘江评论》的雄文警句:"世间上什么问题最大?吃饭问题最大!"

大洲广场对联[1]

广场本是平原,原平无论高低,人人同等;
大洲真是明月[2],月明不择贫富,家家沾光!

〔注释〕

① 大洲广场:指内江大洲广场。以明代内江乡贤大吏大儒赵贞吉(别号大洲)命名,位于四川省内江市市中区沱江边,与国画大师张大千纪念馆和西林公园太白楼隔江相望。广场用地呈星月形,占地面积14万平方米,绿化率达75%以上。于2003年建成,是一个集休闲、娱乐、观光集会为一体的大型综合性城市广场和绿化中心。

② 大洲真是明月:大洲广场本呈星月形,魏明伦在《大洲广场赋》多次描述其形状:"江心仰望,半轮船形月;空中鸟瞰,一艘月形船。"

〔笺疏〕

本联是魏明伦应家乡内江市之邀而作《大洲广场赋》中的名句,后被单列为楹联,刻于大洲广场大门两侧。这是一副精致的借景抒怀佳联。上下联倒装嵌名"广场""大洲",状广场之大如"洲";"是平原""是明月",上下联用复字

"是"突出大江环其外,玉带溪绕其内的广场平坦"形似明月"的地理特征。用倒装、顶针手法,有意反复吟咏平原、原平,明月、月明,叠字"人人""家家"。多重艺术手法渲染,突出:

　　　　原平无论高低,人人同等;
　　　　月明不择贫富,家家沾光!

　　这两句闪光的话,深得内江人民的好感,流传甚广。

赞马老①

识途老马,一百再加十岁,远超茶寿仍笔耕②,被上帝遗忘矣;

耘地勤牛,双九③更奋四蹄④,跨越龟龄⑤犹悯世⑥,让下民牢记哉⑦。

〔注释〕

①马老:马识途,当代作家。1915年生,少年时代参加革命,致力于地下工作。历任鄂西特委书记、四川省建设厅厅长、中国科学院西南分院党委书记、中共四川省委宣传部副部长、四川省文联和四川省作协主席。先后出版长篇小说《清江壮歌》,小说集《夜谭十记》《夜谭续记》《马识途讽刺小说集》,杂文集《盛世危言》,散文集《那样的时代,那样的人》,以及《马识途文集》十二卷。在他一百〇七岁时,出版《马识途西南联大甲骨文笔记》。

②茶寿:古称108岁为茶寿。

③双九:即九九,重阳节,近称老人节。

④奋四蹄:杜甫诗句"老牛也知韶光贵,不待扬鞭自奋蹄"。

⑤龟龄：古人以龟为长寿灵物。龟龄，即长寿。

⑥悯世：明代李卓吾语"当如海刚锋之悯世"。海刚峰，即海瑞。悯世，即忧患世情。

⑦下民：五代孟昶诗句"下民易虐，上天难欺"。下民，指老百姓。

〔笺疏〕

老作家马识途，十分器重魏明伦。曾发表《魏明伦赞》，鼓励魏明伦更上层楼。这副《题马老联》，魏明伦高度颂扬马老，以"识途老马"，对"耘地勤牛"。尤其是惊叹马老长寿，"被上帝遗忘"，认定马老悲天悯人的精神境界，必会被下民牢记。以"上帝"对"下民"，对仗工整，技巧精致。展示了晚辈对长者崇敬。

题李致长联[1]

书香门第，觉新觉慧之原型，共唱激流三部曲。到暮年，浇灌梨园佳卉。同人赞赏：酷似李宗林[2]。甘当后骥，长期伏枥，效法前驱好老板[3]。

君子传家，尧枚尧棠之晚辈，继承《随想》百篇文。当社长，促成菊圃华章。读者表扬：诚如范用老[4]。催出丛书，《走向未来》，追求民主德先生。

〔注释〕

① 李致（1929— ）：长期从事共青团和编辑工作。1958年，任共青团四川省委《红领巾》杂志总编辑；1964年，任共青团中央《辅导员》杂志总编辑。1977年后，历任中共四川省委宣传部副部长兼四川省出版总社社长、第六届四川省政协秘书长。退休后曾连任三届四川省文联主席。出版《往事随笔》《李致文存》《我的人生》《我与出版》《我与川剧》等十五卷散文集。2012年被授予巴蜀文艺奖终身成就奖。

② 李宗林（1906—1967）：在1950年到1966年间担任成都

市市长。

③好老板：李宗林担任成都市市长达十六年，其间分管川剧改革工作，对继承发展川剧艺术做出杰出贡献，有口皆碑。众多川剧艺术家共称他为"好老板"。川剧名丑李笑非晚年出版著作《川剧的好老板——李宗林》记述其事迹。

④范用老：范用（1923—2010），著名出版家，创办《读书》杂志、《新华文摘》，曾任三联书店总经理。魏明伦的忘年交。

〔笺疏〕

李致父亲李尧枚是巴金的大哥，也是巴金名作《家》中高觉新的原型。因家庭破产，李尧枚在李致一岁多时自杀。失去父爱的李致得到四爸巴金的供给和眷爱，叔侄俩亦亲亦友，延续李氏门第之书香"共唱激流三部曲"。魏明伦此联撰于2022年8月底，是他对联创作时间上的收官之作。魏明伦尊称李致为"恩兄"，源于20世纪80年代遭受极左棍棒打压，时任中共四川省委宣传部副部长的李致力排"左"议，抵制"左"风，支持和保护了魏明伦，使魏明伦这株鬼才"佳卉"得以茁壮成长，谱写出了更多华章。本联以"酷似李宗林""诚如范用老"，力赞李致"浇灌梨园佳卉""促成菊圃华章""效法前驱好老板""追求民主德先生"。高度赞扬李致担任中共四川省委宣传部副部长、四川省文联主席、振兴川剧领导小组顾问期间对川剧事业、出版事业所做出的重大贡献。"甘当后骥，长期伏枥"，化用曹操"老骥伏枥"名句，隐喻李致"烈士暮年，壮心不已"。这副长联有故事，有伏笔，取得"草灰蛇线，伏脉千里"的艺术效果。

七律·读《魏明伦楹联》

周禄正

九龄卖艺走天涯，为得赤金淘尽沙。
牛鬼蛇神真有种，旦生净丑岂无华。
读书乐甚云追月，忧国情深蝶恋花。
迟暮江郎才未尽，天香吐出送千家。

缚鸡无力敢屠龙，人杰自然仰鬼雄。
一纸素笺如雪白，满腔热血正殷红。
岂无慧眼挑毛病，更有侠肝驱害虫。
哪怕疫情猖獗甚，浮云终不敌长虹。

奇奇怪怪九龄童，难得人生几度红。
小住牛棚终跃马，长居龙窟岂雕虫。
吟成三绝文碑戏，思接千载雅颂风。
中外古今融一体，鬼才巴蜀出群雄。

楹联问道

——《魏明伦楹联》跋

邓高如

"三寸妙笔，两行奇联。"魏明伦在楹联文学园中的耕耘，恰如该联所描述，似有神助。

魏明伦出身梨园世家，自幼聪慧过人，其父魏楷儒是内江市华胜大戏院的鼓师兼编剧，通晓文墨。魏明伦受家庭和生活环境影响，幼时虽小学没毕业，但跟随剧团演研文学艺术不少，艺名九龄童，就业文武生。恰好印证了鲁迅先生的名言："读书人家子弟熟悉笔墨，木匠的孩子会玩斧凿，兵家儿早识刀枪，没有这样的环境和遗产，是中国的文学青年的先天的不幸。"（鲁迅《且介亭杂文二集·不应该那么写》）

明伦先生的大幸正在于此。或许他从娘胎里就听惯了平平仄仄，或许从幼童时就熟识了昆高胡弹，或许从川剧《太白醉写》中染了些诗仙的灵性，或许从汤翁"临川四梦"里习透了歌赋诗文，或许从乃父的剧本编写中悟出了什么笔墨捷径。总之年少的魏明伦已被艺术环境熏陶得入骨三分了。

当然，更多的还是后来从演员转为专职编剧，职务性地编写各类剧目。从折子戏到大幕戏，从古装戏到现代戏，一天到晚与音韵唱词为伴，春夏秋冬与平仄对偶结缘。年久日长后，平仄入心了，对偶入脑了，取象究理入骨入髓了。可以形象地说，他是踩着鼓点学节奏，念着台词学平仄，唱着曲牌学音韵，跟着剧情学意象，写着故事析事理，伴着人生学社会……

总而言之，魏明伦是从生存中学艺术，"从战争中学战争"。是未进艺术学院的艺术战神，是未拿文学博士的文学大家。他在戏剧、辞赋、杂文、楹联四大文学领域里所取得的令人瞩目的艺术成就，就是最好的证明。自然，文学大匠之门，已毫不吝惜地向他敞开了；妙联圣手之冠，也妥妥地等着他搬入小平同志的故乡——广安魏明伦楹联馆（莫言题写馆名，正在修建中）大放光彩。

然而我也常想，像魏明伦这样从小唱戏，后来走上编剧的作家应当不少，但能取得如此辉煌成就的文学大家、楹联妙手却是少之又少，难道就没有其他更深层的原因值得一探吗？我通过几十年与他的接触、观察后认为，除了他在改革开放前经历了多种人生磨难外，明伦老兄天资过人、记性惊人、悟性超人，不能不说是至关重要的原因。

1994年夏天，我请他给原成都军区新闻写作培训班讲课，他古今诗词脱口就来，苏联文学史、中国新闻史如数家珍，"大跃进"的不实产量报道数目张口就是，鲁迅先生许多深刻分析社会病因的论断成段背诵。他桌前放有稿纸，我们都以为这些资料都写在讲稿上。谁知，两个多小时的课讲完了，他顺手拿起桌上的稿纸对着大家一翻说:"看看,什么都没写!"原来桌上放的是几张白纸,一种"道具",以表明他不是"信口开河"。

魏明伦不会用电脑,一切写作都是手工作业,都有手稿留存,资料获取全靠大脑记忆。因此,成都大邑的魏明伦文学馆、内江的魏明伦碑文馆、自贡的魏明伦戏剧馆以及即将建成的广安魏明伦楹联馆,才有文稿提供布展。如此惊人的记忆力,信手可向大脑提取库存的便捷,是他上述文学成就卓然一家的基础之基础,关键之关键。

更难得的是明伦先生在文学创作上的感悟力、在意象上的捕捉力、在析理上的参悟力,在社会问题上的反思力以及在文字运用上的表现力,都一项不缺地达到了令人惊叹的程度。自贡名士周禄正先生于1964年认识魏明伦时,读了魏的剧本《宋襄之仁》,便大胆预言此剧的立意、思想、文采已近全国一流剧作家的水平,断言日后必成大器。周禄正后来还在全国报刊发表评论魏明伦作品的诗文多达数十篇。

楹联创作属微型文学范畴,既有文学的共性要求,又有楹联的个性要求。其中平仄、对仗、精道、究理,我以为就是其创作的七梁八柱,三纲四维。少一项、缺一面都不成。然明伦先生在这些当代人较难把握的关节点上,总是样样功力精深,条条奥秘洞见,而且运用得出神入化,这就罕见了。

我随手选取书中几副对联,略作点评。

东方广场风情长联

　　昔年深巷,今日广场,灯杆仍亮,电视争辉。看蓝领白领,摆摊抢滩。靓妹大方购物,老翁小气买单。吹股市牛经,评图腾狼性,聚东方人气,奔部鹏程。千种时装,百家土产,四方广告,八面客流,来这里自由贸易;

　　现代新潮,当初古井,号子回音,手机交响。集歌迷影迷,茶瘾酒瘾。款爷忙里偷暇,民工苦中寻乐。仿名模猫步,敲网友鼠标,听超女莺声,观球星虎跃。三圈麻将,一顿夜宵,两句牢骚,到此街愉快休闲。

看看,这里市民气、烟火气、休闲气、生财气、摩登气,扑面而来,好一副当今社会的《清明上河图》!尤其"老翁小气买单""民工苦中寻乐"对句,取象写人入木三分。更难得的是这么长的联句,却能词意畅达,文字鲜活,苛刻的平仄、词性、声韵和对仗要求,一律弄得中规中矩,实属不易。

题杜近芳八十八岁华诞

　　银幕林娘子,菊圃白娘子,二八佳人登米寿;
　　沙场穆桂英,渔舟萧桂英,万千票友赏梅香。

我读着此联，似闻京胡声，又听锣鼓响，梅韵唱腔的华贵、婉转、淳厚扑面而来。这娘子、那娘子，此桂英、彼桂英的舞台艺术形象接踵而至。尤其是"登米寿"与"赏梅香"的收口对，又让人精神大悦，如嚼甘饴，怎能不为先生祝寿祈福呢？

挽萧卓能·慰李谷一

吟唱战歌，倾听情歌，布谷声声，成双到老；
出身望族，不夸贵族，萧郎默默，从一而终。

李谷一，萧卓能（开国大将萧劲光之子），一个歌手，一个高门；一个布谷声声，一个萧郎默默。本当白头偕老一生，然情郎先她而去，声声布谷唱与谁听？本联用声音、神态、情思、慰藉为我们画出了一幅郎德女才、惺惺相惜的和美图。本是挽词，这里又成了慰语，谷一何能不节哀？我等何能不欣慰？

海　燕

麦浪无鱼，绿柳垂丝空作钓；
海峰有燕，乌云布阵枉张罗。

一位戏剧同行，在某次颁奖大会上以一副古联"麦浪无魚，绿柳垂丝空作钓"为上联，向魏讨对。先生沉思片刻即答："马蹄有香，黄蜂展翅枉追花。"其意化用唐诗"拂石坐来衫袖冷，踏花归去马蹄香"，已很妙了。然瞬间又言："海峰有燕，乌云布阵枉张罗"，此句更妙，化用了高尔基长诗《海燕》意境，尤"乌云布阵"，造句奇险，与词意飘逸的"绿柳垂丝"配对；"枉张罗"，用语冷讽，与言词轻谩的"空作钓"为偶，真是绝配，妙对，捷才啊！更是中西合璧，古今联姻的典范也！

自　嘲

溢美夸张，三绝文碑戏；
诙谐戏谑，一生鬼狐妖。

鲁迅先生曾《自嘲》："横眉冷对千夫指，俯首甘为孺子牛。"人称魏明伦：三绝文碑戏；他却自谑：一生鬼狐妖。该联有仙气、带妖气、多骨气。难得董狐笔，当今强项令。先生书中亦有反思社会、反思人生，提倡说真话、反对说假话的"反讽联""麻辣联""柳刀联""疗毒联"……可佩可敬。

魏明伦的楹联题材，除少量是咏物写景外，大多是为朋友、同行、亲人、友情而作。先生喜交天下英才、文坛名士、艺苑奇人，曾联任四届全国政协委员，并担任过中央电视台春晚总体策划兼总撰稿，多次率剧团到海内外演出，有机会与中国台湾的柏杨，中国香港的金庸、黄霑、蔡澜等文化精英结交。

俗话说："秀才人情半张纸。"然魏明伦的半张纸、数行字，那可是他对朋友、亲人的一片深情，那总是带着体温或心跳，贵重如山。评书大家刘兰芳大病一场后，还等着要看魏明伦的那半张纸、数行字呢！便微信嘱魏："趁我健在，请发来挽联，我过目细赏。否则，跨鹤西游，抱憾泉台！"魏兄也老实，居然遵嘱照办，两天后就发去"挽联"：

一拍惊堂木，如雷贯耳。话说评书，柳敬亭复活。岁当不惑，频传捷报，彪炳岳家英烈、杨家英烈；

几声短笛腔，似水流年。手敲大鼓，小彩舞再生。年逾古稀，预送挽联，追思京剧兰芳，曲艺兰芳。

此情是何等之深、何等之厚！此联又是何等之妙、何等之"绝"啊！

从本书收集的楹联看，魏明伦并不孤芳自赏，但凡朋友有重要典庆、红白喜事之类，一旦闻讯，便会及时发去贺联或挽联，以寄情思。正如本书所呈现，他这些楹联，有的忆旧如涓涓流水，有的抒情如和煦春风，有的悲怆如杜鹃啼血，有的说理如醍醐灌顶，多为彻夜不眠之作，更是掏心掏肺之言。

我毫不隐讳地说，魏明伦这些楹联，为我们留下了一笔宝贵的楹联文化研究财富。他的楹联短语，民间流传甚多，此乃得联者之大幸也；在互联网时代，网上多有转发，此互联网之大幸也；今又有四川文艺出版社将其结集出版，此更是出版业之大幸也！

2023年3月
写于重庆歇虎路半忙居

后　记

洪　霞

那是2021年8月中旬的一天，我因参加四川省一个基金的活动，到宾馆就上交了手机，评审期间暂时切断了与外界的联系。待评审活动结束，开机看到最多的未接来电，是魏明伦先生的。同时还分别发短信、微信，反复留言"洪霞请回电"。我便立即回电，得知明伦先生数十年间潜心耕耘的另一种体裁——楹联的作品计划出版。盛情邀请我为其注疏。当时以未知全貌，尚需考虑为由，给自己才疏学浅留一丝儿婉拒的托词。不料我供职单位四川省艺术研究院的领导亲自来电，堵死了我那些微的退缩空间。不能推辞，只能知其难为而姑且勉力为之。在后来的合作中，从收集整理出比较完整的条目，到反复磋商，确定体例。分工合作，我注疏后再由先生校正。先生校正一丝不苟，字斟句酌，然其速度仍数倍于我，我常常被先生笑语催工。所有这些，都体现出魏明伦先生善解人意、关怀后辈的大家风范。

犹记去年初冬，我去先生家里收集资料，先生特意赠送《魏明伦戏剧上下卷》，并解释把我的论文《重塑现代启蒙——评川剧〈夕照祁山〉的启蒙精神》收录其中，并放在卷首突出位置的原因。当时忙于注疏事务，未认真阅读。时至近日，在成都因为疫情按下暂停键，书写任务趋于缓和时，才有机会翻出魏明伦先生赠书。展卷读之，猛然间发现第69、89页（收录拙作的起始页码）的折角，感动于大师折角的用心与细心。不禁重读此文，佩服自己当年的"莽勇"，才明白魏明伦先生一定要我注疏的原因，大概亦是看准了我知其难为而为之的莽撞之气吧。

楹联是中国独有的微型文学。它博采诗词曲赋骈文之精华，穷尽平仄对仗虚实之变化，凝聚中华民族文墨精华，尺幅千里、源远流长。因其文体精致，多限于门庭悬挂。前人留下的楹联短小精悍，普遍少于20字。此书收录注疏魏明伦先生撰写的120副楹联中，超出20字的长联居多，多者长达200字（见《老戏迷自费出书》联）。句式灵活，依需而定。平仄声韵，严格求工。其声韵至严者，字字考究，形成纵横对、马蹄韵（见《自流井老街》联）。内容涵盖面广，山川名胜、当代文化传承、祝贺友人与惜别友人等都包含其中。吟诵人物，上至文化精英，下至友邻戏迷，可读性甚强。此书收录注疏的楹联，时间跨度从20世纪80年代末期到2022年8月底。30余年间，撰写对象及其所处的时代背景都有变动。魏明伦120副楹联，集腋成裘，记录了时代演变，人物沧桑。

我在注疏过程中，不仅领会了魏明伦楹联艺术形式的成熟，更感悟了其思想内涵的深厚。

我在注疏过程中，不仅加深理解了魏明伦先生的人品文品，还结识了他患难妻子，得力助手丁本秀。

无论何时何地，他与老伴如影随形。老伴配合这本书的出版，凝聚着数十年间收集整理之功劳。我在此对默默奉献的丁本秀女士表达敬意。感谢魏明伦先生对我注疏的严谨校正，感谢四川文艺出版社团队的辛勤付出，感谢著名文艺理论家廖全京作序，感谢周禄正先生题诗，感谢邓高如同志作跋，为本书增色添辉。我期待给读者带来愉悦，引起共鸣。

2022年9月6日

洪霞简介：四川省艺术研究院文化遗产研究所副所长，编审，现居研究员岗位。曾任《四川戏剧》杂志副主编。著有《荷露莲语·洪霞戏文选》《荷露莲语·洪霞诗文选》。在中文核心期刊发表戏剧艺术类学术论文30余万字。闲时创作，其作品曾获首届全国戏剧文化奖·小型剧本奖。